KB013974

조금 미친 사람들

카렐 차페크의 무시무시하게 멋진
스페인 여행기

흉세 에세이 006

조금 미친 사람들

Výlet do Španěl

카렐 차페크 | 이리나 옮김

차례

일러두기

1. 번역 대본으로는 Karel Čapek, *Letters from Spain* (G.P.Putnam's Sons, 1932)를 사용했다.
2. 주석은 모두 옮긴이 주다.

남과 북 급행열차

　최근에는 국제 특급열차라고 알려진 것들이 여행의 매우 중요한 요소가 되었다. 한편으로는 우리에게 별로 흥미롭지 않은 실용적인 이유에서, 한편으로는 시적인 이유에서 그렇게 된 거다. 현대 시에서는 자주 대륙 횡단 급행열차가 당신 곁을 스쳐 지나가고, 속을 알 수 없는 차장이 파리, 모스크바, 호놀룰루, 카이로와 같은 역 이름을 소리쳐 부른다. 침대차는 역동적으로 속도의 리듬을 훑고, 특별 객차는 휙 지나가면서 먼 곳의 모든 마법을 암시한다.

시인의 열정을 충족하기 위해서는 일등석 미만의 여행 편의 시설이 결코 충분하지 않다는 사실을 알아야 한다. 풍류를 좋아하는 친구들이여, 이제 특별 객차와 침대칸에 관해서 있는 그대로 말해주려 한다. 사실 알아둘 게 있는데, 어떤 한가한 작은 역을 지나가는 열차들은 안보다 밖에서 볼 때 훨씬 매혹적이다. 속도가 엄청나게 빠르다는

게 빼놓을 수 없는 장점이지만, 열네 시간 또는 스물세 시간 동안이나 그 안에 줄곧 갇혀 있어야 한다는 점도 사실이며, 대개 그 정도면 지루함으로 온몸이 뻣뻣해질 지경이 된다는 점이 그 못지않은 사실이다. 프라하에서 레피˙로 가는 지역 열차는 그리 빨리 달리지는 않지만, 적어도

삼십 분 정도가 지나면 내려서 새로운 모험을 할 수 있다고 알고 있다. 시속 95킬로미터로 질주하는 것은 특별 객차에 탄 사람 본인이 아니다. 그냥 앉아서 하품만 할 뿐이다. 오른쪽에 앉은 사람이 짜증 나게 하면 반대편에 가서 앉는다. 결점을 벌충할 수 있는 유일한 특징은 좌석이 편하다는 점이다. 승객은 가끔 창문 밖을 무심하게 바라본다. 작은 역이 휙휙 지나가고, 그는 역의 이름을 읽을 수 없다. 마을이 쏜살같이 지나가지만, 그는 나갈 수도 없다. 플라타너스 가로수가 늘어선 길을 어슬렁거리며 걸을 수도 없고, 강 위에 놓인 다리를 한가로이 걸을 수도 없으며, 침을 뱉지도 못한다. 심지어 그 강의 이름조차 알아내지 못한다. 특별 객차에 있는 이는 생각한다. '빌어먹을, 도대체 여기가 어디지? 뭐, 고작 보르도••라고? 맙소사, 이거 너무 느린걸!'

그러므로 적어도 조금은 독특한 여행을 하고 싶다면 이 마을에서 저 마을로 달리는 지역 열차에 오르는 게 좋다. 어떤 것도 놓치지 않기 위해 창문에 코를 대보라. 푸른 군

- • 체코 프라하 17구에 위치한 지역.
- •• 프랑스 남서부에 있는 항구도시.

복을 입은 군인이 올라타고, 아이가 당신을 보고 손을 흔든다. 검은 두건을 쓴 프랑스 시골 사람이 와인을 건네고, 젊은 아낙은 달빛처럼 하얀 젖을 꺼내 아기에게 물린다. 시골뜨기들은 시끄럽게 떠들어대며 담배를 피우고, 코담배 자국이 묻은 신부는 기도서를 암송한다. 땅은 역과 역을 거치며 묵주 알처럼 풀려나간다. 저녁이 찾아오면 지친 승객들이 깜빡이는 불빛 아래에서 이민자처럼 꾸벅꾸벅 존다. 바로 그때, 반짝이는 국제 특급열차가 피곤에 지친 승객들과 침대차와 식당차를 이끌고 다른 선로를 획 지나간다.

'저게 뭐지, 이제 겨우 다크스*야? 맙소사, 너무 지루한 여행이구먼!'

얼마 전에 일반적이거나 평범한 여행 가방이 아닌 국제 여행 가방에 대해 누군가 써놓은 찬가를 읽었다. 그 여행 가방은 콘스탄티노플**과 리스본, 테투안***과 리가,**** 장

- 프랑스 남서부 누벨아키텐 지방 랑드주의 주도.
- ・・ 튀르키예 '이스탄불'의 옛 이름.
- ・・・ 모로코 북부의 도시.
- ・・・・ 라트비아의 수도.

크트모리츠*와 소피아**에서 묵은 호텔들의 라벨이 잔뜩 붙은, 가방 소유자의 자부심이자 여행의 기록이었다. 이제 끔찍한 비밀을 밝히려 한다. 그 라벨들은 여행사에서 판매하는 것이다. 적당한 값을 지불하면 여행 가방에 카이로, 플리싱언,*** 부쿠레슈티, 팔레르모, 아테네, 그리고 오스탕드****의 라벨을 붙일 수 있다. 이 폭로로, 국제 여행 가방이 치명상을 입었기를 바란다.

* 스위스 남동부의 고급 겨울 휴양지.
** 불가리아의 수도.
*** 네덜란드 제일란트주의 도시.
**** 벨기에 북서부의 휴양지.

나 대신 다른 사람이 수천 킬로미터를 여행한다면 아주 다른 방식의 모험을 하게 될 수도 있다. 아마도 그는 국제적인 비너스나 침대차의 마돈나를 만날지도 모른다. 하지만 나에게는 그런 일이 일어나지 않았다. 내가 어찌해볼 수 없는 충돌만 있었을 뿐이다. 어느 산골역에서 우리 열차는 화물열차와 충돌했다. 이 대결은 불공평했고, 그 결과는 마치 체스터턴 씨[*]가 누군가의 실크해트 위에 앉아 있는 모양새가 되었다. 화물열차의 상태는 매우 좋지 않았으며 우리 쪽에는 부상자가 다섯 명뿐이었다. 완벽한 승리였다. 그런 상황에서 승객은 머리 위로 떨어진 여행 가방 밑에서 벗어나 맨 먼저 무슨 일이 일어났는지 보려고 밖으로 뛰어나간다. 그는 호기심을 충족하고 나서야 혹시 뼈가 부러지지는 않았는지 확인하기 위해 몸을 더듬거리기 시작한다. 대충 숨 쉬고 걸을 수 있다는 것을 확인하고 나면 어쩌다 두 엔진이 서로 들이받았는지, 그리고 우리가 화물열차를 얼마나 엉망진창으로 만들었는지 관찰하면서 어느 정도 공

---

[*] 20세기 최고의 추리소설 작가로 꼽히는 영국의 소설가 G. K. 체스터턴 (1874~1936).

학적인 즐거움을 얻게 된다. 그러게 그 화물열차는 우리를 방해하지 말았어야 했다. 다친 승객들만 개인적이고 부당한 모욕을 당한 것처럼 창백하고 다소 불만스러워 보인다. 그러다 당국이 개입하고, 우리는 우리의 승리를 축하하기 위해 완전히 무너지지는 않은 식당 칸으로 술을 마시러 간다. 남은 여정 동안 그들은 우리를 자유롭게 통행할 수 있게 내버려둔다. 우리가 분명 그들에게 엄청난 공포를 불어넣은 모양이다.

또 다른 더 복잡한 모험은 침대차에서 침대 위 칸으로 어떻게 올라가느냐 하는 것이다. 특히 아래 칸에 이미 누군가 잠들어 있을 때는 더욱 난감하다. 국적과 성격을 모르는 사람의 머리와 배를 밟는 것은 여간 당혹스러운 일이 아니다. 올라가는 데는 여러 가지 지루한 방법이 있다. 여유 있게 점프하거나 점프하지 않고 위로 몸을

죽 뻗는 방법, 뛰어넘는 방법, 두 다리를 쫙 벌리는 방법 등 여러 정당한 방법과 부정한 방법이 있다. 일단 올라가면, 갈증이 나서도 안 되고, 내려가야 하는 상황을 만드는 어떤 일도 일으키지 않아야 한다. 모든 걸 신의 손에 맡긴 채 밖에서는 미지의 낯선 지역들이 휙휙 지나가고, 고국에서는 시인들이 국제 특급열차에 관한 시를 쓰는 동안 당신은 관에 드러누운 시체처럼 잠들기 위해 노력해야 한다.

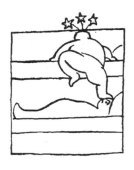 

독일, 벨기에, 프랑스

내가 충분히 돈이 많고, 시장에서 살 수 있다면, 나는 기필코 여러 나라를 수집하기 시작할 것이다. 세관원들을 좋아하지 않고 여권 심사도 지루하지만 국경이 결코 무시할 만한 것이 아니라는 사실을 발견했기 때문이다. 한 나라에서 다른 나라로 국경을 넘을 때, 다른 집들과 다른 언어, 다른 경찰들, 다른 색깔의 토양과 다른 풍경을 지닌

PROVINZ BRANDEBURG

낯선 세계로 들어간다는 건 언제나 내게 새로운 기쁨으로 다가온다. 파란 제복을 입은 열차 안내원이 초록 제복을 입은 안내원으로 바뀌고, 다시 몇 시간 후에는 갈색 제복을 입은 안내원에게 자리를 내줄 것이다. 실로《아라비안나이트》같다. 체코의 사과나무는 하얀 모래 지대에 있는 브란덴부르크의 전나무로 이어진다. 풍차는 달아나듯 팔을 흔들고, 시골 풍경은 깔끔하고 평평해지면서 담배와 마가린 광고가 주로 등장한다. 여기는 독일이다.

그리고 담쟁이덩굴로 뒤덮인 바위들, 채굴 작업으로 움

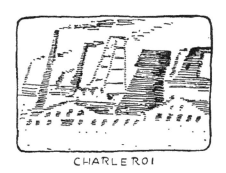

CHARLEROI

푹 팬 언덕들, 짙은 녹색의 강 유역, 제철소의 용광로와 주조 공장, 채굴 탑의 철제 갈비뼈, 최근에 꺼진 화산처럼 보이는 폐석 더미, 전원 풍경과 중공업이 뒤섞인 광경, 피리와 종소리가 공장 사이렌과 함께 연주하는 협주곡이 펼쳐진다. 이 모든 것은 베르하렌*이자 그의 시 〈밝은 시간들〉과 〈촉수 있는 도시〉다. 옛 시인이 묘사한 플랑드르** 전체의 모습을 소개해본다. 보물을 보관할 충분한 공간을 찾지 못해 모두 주머니 하나에 간직하는 나라. 매력적인 벨기에. 아이를 가슴에 안은 어머니와 말에게 물을 먹이는 젊은 병사, 언덕 아래 있는 여인숙, 공장의 굴뚝과 어마어마한 탑들, 고딕 양식 교회와 제철소, 갱도 사이에 있는 소들. 이 모든 것들이 오래된 가게의 물건들처럼 잘 정돈되어 있다. 그것들을 위한 공간을 어떻게 마련했는지는 하늘만이 안다.

아, 하지만 이제 더 많은 활동 공간이 있다. 이곳은 프랑스다. 오리나무와 포플러, 포플러와 플라타너스, 플라타너스와 포도밭이 있는 나라! 은빛 녹색, 그렇다. 은은한 녹색이 이곳의 색깔이다. 분홍 벽돌과 파란 슬레이트. 색보다는 빛에 가까운 안개의 가벼운 장막, 코로.*** 들판에

---

* 인류의 진보와 인류애를 힘차게 노래한 벨기에의 시인 에밀 베르하렌 (1855~1916).
** 벨기에 서부를 중심으로 네덜란드 서부와 프랑스 북부에 걸쳐 있는 지방.
*** 프랑스의 화가 장 바티스트 카미유 코로(1796~1875).

ORLÉANAIS

는 살아 있는 영혼 하나 없다. 어쩌면 그들은 포도를 수확
중일지도 모른다. 투렌*의 반가운 와인, 앙주**의 기분 좋
은 와인. 발자크의 질 좋은 와인, 그리고 페르 백작의 와
인. 여기, 가벼운 술 한잔 주세요. 자, 여기 루아르 계곡의
탑들이여, 건배! 검은 옷을 입은 검은 머리의 여인들, 뭐
라고요? 보르도에서 볼 건 이게 전부라고요? 밤공기에 송
진 향이 진동한다. 여기는 랑드, 소나무 지역이다. 그리고
날카롭고 활기에 넘치는 또 다른 향기가 풍긴다. 바로 바
다다.

* 프랑스 서북쪽의 지방.
** 프랑스 루아르강 하류에 있는 농업지대.

앙다이* 입니다. 모두 갈아타세요! 반짝이는 삼각 모자를 쓰고 젊은 칼리굴라** 의 얼굴을 한 관리가 짐에 마법의 표시를 휘갈기고, 위엄 있는 몸짓으로 우리를 플랫폼으로 안내한다. 음, 지금까지는 좋군. 나는 이제 스페인에 있다.

웨이터, 헤레스산 셰리 반 잔만 주세요. 지금까지는 순조롭군. 헤나로 손가락을 물들인 무시무시하게 멋진 스페인 소녀도 있으니. 자, 자, 이제 소녀한테서 떨어지세요. 그렇지만 저 관리는 박제로 만들어 집으로 가져가고만 싶네!

• 프랑스 남서부 피레네자틀랑티크주의 항구도시. 스페인 국경과 가깝다.
•• 포악하고 낭비를 일삼아 암살된 로마의 황제.

올드 카스티야*

그렇다. 나는 스페인에 가봤다. 나는 그 사실을 힘주어 말할 수 있고, 이를 증명해줄 목격자도 많다. 예를 들어 내 여행 가방에는 호텔 라벨들이 붙어 있다. 그러나 내게 스페인 땅은 난해한 미스터리로 가득하다. 아마 내가 그곳을 들고 난 것이 한밤중이었기 때문이라는 분석이 맞을 것이다. 마치 눈을 가리고 아케론강**을 건너거나 꿈의 산맥을 통과한 것 같았다. 나는 밖의 어둠 속에서 무언가를 구분해내려고 노력했다. 헐벗은 산비탈에 검은 반점이 무리 지어 있는 게 보였다. 아마 바위나 나무였겠지만, 큰 동물이었을 수도 있다. 산은 엄중하고 기묘한 모습이

* 중세 시대 카스티야 왕국의 핵심 지역.
** 그리스 신화에 나오는 저승의 강.

었다. 나는 새벽에 일찍 일어나 산을 보러 가기로 결심했
고 실제로 일찍 일어났다. 지도와 시간표에 따르면 우리
가 산 중턱에 있어야 했지만, 일찍 일어났을 때 새벽의 붉
은 줄무늬 아래로 보이는 것은 앙상하고 볼품없는, 광활
한 갈색 땅뿐이었다. 바다나 신기루처럼 보였다. 한 번도
그런 평야를 본 적이 없던 나는 열이 나서 그렇게 보이나
하고 생각했다. 그래서 잠들었고, 깨어나 창밖을 내다보
니, 열이 있어서가 아니라 다른 땅에 와 있기 때문이라는
사실을 알았다. 그 땅은 아프리카였다.

어떻게 설명해야 할지 모르겠다. 이곳은 녹색을 띠고
있지만 우리 것과는 다르다. 어둡고 칙칙하다. 갈색도 띠
지만 역시 우리 것과는 다르다. 경작지의 갈색이 아니라
돌투성이 땅 혹은 갈탄의 갈색이다. 여기에는 붉은 바위

CASTILLA LA VIEJA

가 있지만 그 붉은색은 자연스럽지 못하다. 또한 산도 있지만 진흙과 큰 바위로 이루어졌다. 큰 바위는 흙에서 솟아나지 않고 마치 땅 위에 뿌려진 것처럼 보인다. 그 산맥의 이름은 '시에라 데 과다라마'다. 이것들을 창조한 신은 매우 강력함에 틀림없다. 그렇지 않고서야 저렇게 많은 돌을 만들어낼 수 없었을 테니까. 큰 바위 사이로 진참나무가 자라고, 그 외에는 야생 백리향과 가시나무뿐이다. 사막처럼 메마르고, 시나이산만큼 신비로운 이곳은 앙상하고 광활하다. 어떻게 표현해야 할지 모르겠지만 그곳은 다른 대륙이다. 유럽이 아니다. 유럽보다 엄중하고 사납다. 유럽보다 오래되었다. 이곳은 슬픈 황무지가 아니다. 엄숙하고 기묘하고, 거칠고 웅장하다. 검은 옷을 입은 사

람들, 검은 염소, 타는 듯한 적갈색 배경 앞의 검은 돼지들, 뜨거운 돌들 사이에서 새카맣게 그을린 척박한 존재들이다.

여기저기 벌거벗은 바위에는 시내가 흐르고, 맨 돌들은 평원을 이루며, 맨 돌담은 카스티야 마을을 이룬다. 뾰족한 탑과 성벽이 에워싼 이곳은 마을이라기보다는 요새 같다. 오랜 세월 성채가 바위 위에 우뚝 서 있는 듯 이곳 또한 돌로 된 토양과 하나로 녹아들어 있다. 오두막들이 딱붙어 있는 것이 마치 공격에 대비하는 것 같다. 그렇다면 이곳은 분명 스페인의 한 마을일 것이다. 사람이 사는 집들이 돌로 이루어진 대지와 하나가 된 모습이다.

그리고 갈색 돌무더기 경사면 위로 기적 같은 광경이

펼쳐진다. 진녹색 정원들, 짙은 편백나무 길, 울창하고 음산한 공원이 있고, 네 개의 뾰족한 탑을 치켜든 거대하고 단단한 정육면체 건물이 우뚝 솟아 있다. 웅장한 고독의 공간, 천 개의 거만한 창문을 가진 수도원이 바로 엘에스코리알이다. 스페인 왕가의 수도원, 메마른 시골 풍경 위에 자리 잡은 슬픔과 자부심의 성채, 이곳에선 겸손한 당나귀들이 풀을 뜯는다.

푸에르타 델 솔

오, 맞다. 여기에는 마드리드의 역사나 만사나레스강의 전망, 부엔 레티로 공원, 근위병과 아이들이 있는 왕궁 등 다루어야 할 게 많다. 다만 그런 것들에 관심이 있다면 다른 데서 찾아보는 게 좋겠다. 나는 여러분께 푸에르타 델 솔 광장만 소개할 거고, 특별히 호의를 베풀어 알칼라 거리와 마요르 거리, 그곳의 노곤한 저녁 분위기, 그리고 마드리드 사람들에 관해 이야기할 것이다.

세상에는 신성한 장소들이 있다. 그곳들은 세계에서 가장 아름다운 거리로, 그 아름다움은 신화만큼이나 불합리하고 신비롭다. 마르세유에는 칸비에르* 거리가 있고, 바르셀로나에는 람블라스 거리가 있으며, 마드리드에는 알

* 프랑스 남부 마르세유의 역사적인 구시가지.

칼라 거리가 있다. 만약 이 거리들을 주변 환경에서 분리해내 그 생기와 지역적 향기를 모두 제거한 다음 딴 데로 옮긴다면, 아마 그곳에서 특별한 점이라곤 전혀 발견하지 못할 것이다. 왜일까? 당신은 '이건 그냥 멋지고 넓은 거리네. 그 외에 특별한 건 없군'이라고 말할 것이다. 이 밖에 무엇이 있겠는가? 오, 믿음이 부족한 이여! 이 광장의 신성함을 모르겠는가? 그렇다. 세계적으로 유명한 푸에르타 델 솔, 즉 '태양의 문'은 세상의 중심이자 마드리드의 배꼽이지 않은가! 세상의 다른 어떤 사제보다 품위 있고 당당하게 걸어가는 이 사제는, 망토를 겉옷처럼 팔꿈

치 아래로 단단히 여민 채다. 그리고 여기 있는 이 스페인 귀족, 뒷면이 움푹 꺼진 빛나는 모자를 쓴 헌병으로 변장한 자는 한 명의 기사 아니면 후작 따위의 인물로, 매부리코에 십자군 원정 때 전사들을 이끌던 사령관의 목소리로 "엘 소오오올" 혹은 다른 신문 이름을 외치고 있지 않은가. 그리고 또 여기에 있는 정복자는, 빗자루에 기대서서 어떤 우화를 조각적인 몸짓으로 표현한다. 아마 도시 정화를 강조하는 모양이다. 한편 유쾌한 사람들도 있다. 채소와 멜론을 당나귀 등에 싣고 오는 그을리고 여윈 시에라 출신 농부들, 화려한 발레를 여러 편 꾸밀 정도로 많은 빨강, 파랑, 초록 제복들, 작은 구두닦이 스탠드를 가진 구두닦이들.

잠시만, 여기에서 하나의 장으로 따로 다룰 내용은 '구

두닦이'에 관한 것이다. 구두닦이는 스페인의 전국적인 직업이다. 더 정확히 말하자면, 전국적인 춤 또는 의식이다. 세계의 다른 지역, 예를 들어 나폴리에서는 구두닦이가 고객의 신발에 맹렬히 덤벼들어, 마찰의 결과로 열기나 전기가 만들어지는 물리 실험을 하듯 신발을 닦기 시작할 것이다. 스페인식 구두닦이는 태국의 전통 춤처럼 손으로만 행해진다. 춤추는 사람이 당신 앞에서 무릎을 꿇는데, 이는 당신께 경의를 표하기 위해 이 공연을 연다는 표시다. 우아한 동작으로 그는 당신의 바지를 걷어 올리고, 기품 있는 손놀림으로 향기로운 약품을 발라 신발을 문지른다. 이윽고 그는 열광적인 춤동작을 선보인다. 솔을 위로 던졌다가 받고, 한 손에서 다른 손으로 던져가며 아첨하는 공손한 태도로 신발에 갖다 댄다. 이 춤의 의

미는 분명하다. 존경을 표하는 것이다. 당신은 화려한 귀족이며, 기사의 시종이 드리는 의식적인 경의를 받고 있다. 그에 따라 발에서부터 올라오는 멋지고 기분 좋은 온기가 당신의 내부로 퍼지는데, 분명 반 페세타* 값어치를 한다.

이봐요, 웨이터, 푼다도르** 한 잔 주세요. 여러분, 저는 이 모든 인파와 소란스럽지 않은 소음, 활기찬 예의 바름과 매력이 마음에 들어요. 우리 모두가 기사이고, 방랑자와 법의 수호자 모두 고귀한 태생이기에, 남부 평등 만세! 마드리드 아가씨들이여, 검은 망토를 쓴 콧대 높은 여인들, 마드리드 여인들이여, 검은 망토를 쓴 익살스럽고 콧대 높은 여인들이여, 당신은 검은 눈동자에 당신의 절반을 감춘 채 너무도 당당하게 서 있군요! 검은 눈의 엄마와 함께 있는 아가씨들이여, 머리가 작고 둥글며 인형 같은 아이를 둔 엄마들이여. 아이들을 사랑하는 것이 부끄럽지 않은 아버지들, 묵주를 든 노파들, 산적의 얼굴을 한 유쾌한 사내들, 거지들, 금니를 한 신사들, 행상들, 모두가 신

---

* 2002년까지 통용된 스페인의 옛 화폐단위.
** 스페인 남부 안달루시아에서 생산되는 유명한 브랜디.

사들이네! 밝고 활기찬 인파가 경쾌하고 열정적으로 수다를 떨며 거닐고 있구나.

하지만 저녁이 오면, 공기에는 온기가 스며들고 날카로운 향기가 난다. 마드리드 사람들은 마요르 거리에서 알칼라 거리까지 걸어 다니고, 모여들고, 밀려든다. 제복을 입은 신사들, 평범한 옷을 입은 남자들, 솜브레로*를 쓴 신사들, 귀부인인 체하는 젊은 여자, 소녀, 아가씨, 미혼 여성, 여자 종업원, 아주머니, 그리고 여사, 부인, 마님, 귀부인, 딸들, 아가씨들, 어린 소녀들, 걸음마를 막 뗀 여자아이들이 검은 만틸라** 뒤에 검은 눈과 붉은 입술과 붉은 손톱을 감추고 검은 눈으로 곁눈질을 하며 산책한다. 이는 일상의 축제이고, 사랑스럽고 유혹적인 매력의 과장된 행렬이며, 눈의 휴식처이자 끝없는 관능의 가로수 길이다.

칸비에르, 람블라스, 알칼라는 세계에서 가장 매력적인 거리요, 포도주로 가득 찬 술잔처럼 생기 넘치는 거리다.

- 　스페인, 멕시코 등지에서 쓰는 중앙이 높고 챙이 썩 넓은 모자.
- ● 　스페인, 멕시코, 이탈리아 등지에서 여성이 의례적으로 머리에서부터 어깨까지 덮어쓰는 쓰개.

톨레도[*]

여기에 마을, 당나귀, 올리브, 그리고 둥근 지붕같이 생긴 벽들이 점점이 박힌 따스한 갈색 평원이 있다. 이 평원에서 거대한 화강암 바위가 불쑥 솟아오른다. 그 위에 있는 모든 물체는 밀착되어 하나가 다른 하나 위에 겹겹이 쌓여 있다. 그리고 갈색 바위의 깊은 틈 아래로 갈색 타호 강이 흐른다.

톨레도 자체에 관해 말하자면, 고대 로마인들부터 시작해야 할지 아니면 무어인[**]들이나 가톨릭 군주들로부터 시작해야 할지 잘 모르겠다. 그러나 톨레도는 중세도시이기 때문에 중세도시가 어김없이 시작하는 것, 즉 성

- 스페인 중남부의 도시. 카스티야 왕국의 수도였다.
- •• 8세기에 스페인을 점령한 이슬람교도를 막연히 부르던 말.

문부터 얘기하는 편이 낫겠다. 예를 들어 톨레도에는 비사그라 누에바라고 알려진 문이 있는데, 테레진* 양식과 비슷하며, 확실히 실물보다 큰 합스부르크 왕가의 쌍두독수리가 있다. 마치 우리의 테레진이나 요세포프** 로 이어질 것 같아 보이지만, 모든 기대와 달리 아라발이라 불리는 지역으로 연결된다. 다음으로 당신은 '태양의 문'이라 불리는 또 다른 문 앞에 서게 되는데, 마치 바그다드에 내려선 듯한 인상을 받는다. 그러나 대신 이 무어식 문은 가장 가톨릭적인 도시의 거리로 이어지는데, 거기에는 세 건물 중 하나가 피 묻은 예수와 엘 그레코***의 황홀한 제단화가 있는 교회다. 또한 당신은 구부러진 아랍풍 골목을 배회하다 창살 너머로 파티오라 불리는 무어식 안뜰을 보는데, 그곳에는 톨레도산 마졸리카**** 타일이 깔려 있다. 당신은 포도주나 기름을 실은 당나귀를 피해 가며, 창문의 아름다운 하렘 창

* 체코 우스티주의 도시.
** 프라하 구시가지 광장 뒤쪽의 유대인 지역.
*** 그리스 태생의 스페인 화가 엘 그레코(1541~1614). 본명은 도메니코스 테오토코풀로스.
**** 이탈리아에서 발달한 화려한 장식용 도자기.

살*을 훔쳐보고 꿈속을 걷듯이 걸어간다. 꿈속을 걷는 것처럼 말이다. 당신은 일곱 걸음마다 멈춰 서게 될 것이다. 여기에는 서고트**식 기둥이 있고, 저기에는 모사라베*** 벽이 있다. 여기에는 모든 이에게 아내나 남편을 찾아주는 기적의 성모 마리아상이 있고, 저기에는 무데하르****식 첨탑과 요새 같은 르네상스식 궁전과 고딕

- 이슬람 문화권에서 주로 여성의 거주 공간인 하렘을 보호하기 위해 나무나 석재로 만든 격자무늬 창살.
- ** 게르만 민족의 한 부족으로, 5세기 초에 로마를 멸망시키고 갈리아 남쪽에서 스페인에 걸친 서고트 왕국을 세웠다.
- *** 이슬람교도인 아랍인의 지배 아래에 있던 스페인의 기독교인.
- **** 기독교도에게 정복당한 스페인의 이슬람교도 또는 그들의 건축양식.

식 창문과 플라테레스코 양식°의 금과 보석이 박힌 파사
드,°° 그리고 모스크가 있다. 그리고 당나귀가 귀를 뒤로
바짝 붙여야 겨우 통과할 수 있는 비좁은 거리도 있다. 화
분 사이로 분수가 졸졸 흐르는 그늘진 마졸리카 뜰이 언
뜻 보이고, 허름한 벽과 창살 달린 창문 사이로 거리가 설
핏 보이며, 하늘이 살짝 보인다. 조각하거나 새기거나 틀
에 넣어 만들거나 물결무늬를 넣거나 망치질하거나 그려
넣거나 자수를 놓거나 금으로 세공하거나 보석을 박는 등
모든 방식으로 미친 듯이 장식한 교회들이 슬쩍 보인다.
이렇게 당신은 박물관에서처럼 매 걸음 멈추게 된다. 또
는 꿈속을 걷듯 걸어 다닐 수도 있다. 알라신의 격렬한 글
씨와 그리스도의 십자가, 잉카의 황금, 다양한 시대와 신
들, 문명과 인종들의 삶이 표시된 이 모든 것이 결국에는
환상적으로 획일화되었기 때문이다. 너무나 많은 시대와
문명이 톨레도 바위의 단단한 장악 속으로 들어가 있다.
그런 다음, 가장 좁은 거리에서 창살 달린 창문 너머로 톨
레도의 조감도가 당신 눈앞에 펼쳐진다. 푸른 하늘 아래

• 15세기 말에서 16세기 전기 사이의 스페인 건축양식.
•• 건축물의 주된 출입구가 있는 정면부.

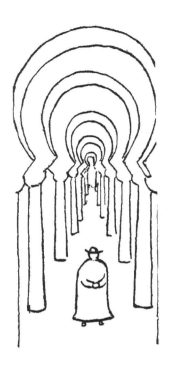

로 평평한 지붕들이 한꺼번에 밀려든다. 갈색 바위 사이
로 반짝이는 아랍풍 마을, 지붕 위의 정원들, 그리고 독특
하면서도 아늑한 삶의 풍경을 간직한 매혹적이고 느긋한
안뜰까지 나타난다.

그렇지만 당신의 손을 잡고 톨레도에서 내가 본 것을
모두 보여주려 하다가는 아마 꼬불꼬불하고 가난에 찌든

거리에서 길을 잃게 될 것이다. 골목길에서 길을 잃어도 후회할 필요는 없다. 왜냐하면 그곳에서도 우리는 날렵한 발굽으로 돌길을 재빠르게 걷는 당나귀를 피할 테고, 열린 안뜰과 마졸리카 계단을 볼 것이며, 무엇보다 현지 사람을 만나게 될 테니까.

아마 여기서는 아름다운 무데하르 양식의 말굽 아치가 있는 희고 차가운 분위기의 작은 예배당을 발견할 수 있을 것이다. 조금 더 나아가면 타호강 위로 깎아지른 듯한 절벽이 있고, 그곳에서 웅장하고 엄숙한 전망이 펼쳐진다. 그리고 정교하고 섬세한 무어인들의 장식이 가득한 트란시토 회당이 있을 것이다. 그리고 교회들이 있다. 엘 그레코의 〈오르가스 백작의 매장〉 그림이 있는 교회, 혹은 꿈같이 아름다운 무어인 양식의 회랑이 있는 교회가 있을 것이다. 그리고 궁전 같은 안뜰을 가진 병원들이 있다. 성문 앞에 그런 병원 중 하나가 있는데, 거기에는 커다란 날개 모양의 머리 장식을 한 가난한 수녀들과, 손잡고 기다란 뱀 모양을 만들어 〈안토니노〉나 〈산토 니뇨〉 같은 노래를 부르며 교회로 향하는 고아 무리가 있다. 그들을 위한 옛 약국에는 아름답게 에나멜 처리 된 항아리와 병이 있다. '디비누스 케르쿠스', '카에루사', '사가판',

'스피카 셀티크' 같은 이름이 붙은 하나같이 오랜 검증을
거친 치료제들이다.

　이제 대성당에 관해서 말해보자면, 내가 정말로 그곳
에 있었는지조차 확실하지 않다. 대성당 바로 앞에서 톨
레도 와인을 맛봤는데, 베가 평원에서 난 과일로 만든 그
와인은 목구멍을 스르르 넘어갈 만큼 알코올 도수가 낮
은 동시에 치유력 있는 기름처럼 걸쭉했기 때문이다. 그
래서 내가 대성당 꿈을 꾸거나 다른 걸로 혼동하지 않았
다고 단언하기 어렵다. 거기에는 너무나 많은 것이 있었
다. 정교한 미니어처와 환상적인 성배, 하늘까지 닿는 창
살, 수천 개의 조각상을 새긴 선반, 벽옥 난간, 사방이 조

각된 교회 의자, 엘 그레코의 그림, 어딘지 알 수 없는 곳에서 우르릉거리는 오르간, 건어물처럼 툭툭하고 메마른 참사회 성직자들, 대리석으로 상감한 예배당들, 그림이 그려진 예배당들, 검은색과 황금색의 예배당들, 터키 국기들, 캐노피들, 천사들, 양초와 제의, 열정적인 고딕과 바로크, 플라테레스코 제단과 어둡고 높은 아치형 지붕 아래 불룩 솟은 추리게레스코 투명판이 있고, 그 외에도 어둡고 높고 둥근 천장 아래 무의미하고 놀라운 잡동사니들이 터무니없이 붙거져 있었으며, 타오르는 빛과 경외감 어린 어둠이 한데 섞여 있었다. 글쎄, 어쩌면 그것은 내가 꾼 꿈이었을지도 모른다. 교회의 등나무 의자에서 꾼 무섭고 혼란스러운 꿈. 어떤 종교에도 이 모든 것이 필요하지는 않을 듯하니.

그러니 여행자여, 예술품에 너무 탐닉해 머리가 멍해진 것 같으면 톨레도 거리를 산책하며 정신을 맑게 가다듬길 바란다. 아름다운 창문, 작은 고딕 아치, 고딕과 무어인 양식의 쌍둥이 창문들이여. 두드려 만든 창살, 전망대가 있는 집, 아이들과 야자수가 있는 안뜰, 아술레호스•

• 스페인과 포르투갈의 전통적인 장식용 타일.

로 장식된 작은 안마당, 무어인, 유대인, 기독교인의 거리여. 그 그늘 아래에서 한가로이 시간을 보내는 것은 즐거운 일이다. 그곳에는 당나귀의 행렬이 있고, 그 많고 많은 세부 요소 하나하나에도 어떤 대성당 못지않은 역사가 깃들어 있다. 살아 있는 사람들의 거리야말로 가장 좋은 박물관이다. 여기서 마치 다른 시대로 헤매 들어온 것 같다고 말하려 했지만, 그건 사실이 아니다. 진실은 한층 이상하다. 다른 시대란 없다. 과거에 있던 것이 지금도 있다. 만약 저 기사가 칼을 찼고, 저 사제가 알라의 경전을 해설했으며, 저 소녀가 톨레도의 유대인이었다면, 그것이 톨레도 거리의 성벽보다 이상하고 멀어 보이지는 않을 것이다. 내가 다른 시대로 들어간다면, 그것은 다른 시대가 아닐 것이다. 그저 몹시 아름답고 숭고한 모험일 뿐이다. 톨레도처럼, 스페인 땅처럼 말이다.

포사다 데 라 상그레

'포사다 데 라 상그레'를 직역하면 '피의 여관'인데, 그리스도의 피를 상징하는 여관이다. 바로 이곳에서 돈 미겔 데 세르반테스 사아베드라*가 살고, 마시고, 빚을 지고,《모범 소설》을 썼다. 세비야에는 그가 술을 마시고 글을 썼던 다른 여관과, 빚을 못 갚아 지내던 감옥도 있다. 그러나 오늘날 이 감옥은 여관이다. 내가 조사한 바로써 모두에게 증명할 수 있다. 그는 세비야에서 만사니야**를 마시고 안주로 랑고스티노***를 씹어 먹었고, 톨레도에서는 톨레도 와인을 즐겼으며, 파프리카를 넣은 초리소****

---

* 《돈키호테》를 쓴 스페인의 소설가이자 시인, 극작가.
** 안달루시아 지역의 대표적인 셰리.
*** '새우'를 뜻하는 스페인어.

와 하몽 세라노••••• 또는 검은 햄 같은 것들을 와인에 곁들여 먹었다. 그 음식들은 갈증, 재능, 그리고 달변을 부른다. 바로 오늘날까지도 사람들은 톨레도 와인을 손잡이가 달린 와인 병에 담아 마시고, 포사다 데 라 상그레에서 초리소를 씹어 먹는다. 마당에서는 기사들이 당나귀의 안장을 풀고 소녀들과 농담을 주고받는다. 마치 돈 미겔 시대에 그랬던 것처럼 말이다. 이는 세르반테스의 영원불멸한 천재성을 보여준다.

하지만 이보게, 여행자여, 우리가 여관에 있는 동안 당신은 먼 나라를 제대로 알기 위해 그곳의 음식을 먹고 술을 마셔야 한다. 가려는 나라가 멀수록 신의 가호 아래 더 배부르게 먹고 마셔야 한다. 그러면 당신은 색슨족과 브란덴부르크족에 이르기까지 세상의 모든 민족이 다양한 방법과 수단은 물론 다양한 향신료와 과정을 통해 지상의 천국을 이루고자 했다는 사실을 발견할 것이다. 그들은 현세의 행복을 얻기 위해 최대한 다양한 음식을 굽고, 오븐이나 그릴로 조리하고, 소금물에 절이기 시작했다.

•••• 스페인이나 라틴아메리카에서 주로 먹는 갖가지 돼지고기 소시지.
••••• 염소나 돼지고기 뒷다리를 건조한 식품.

모든 나라는 고유한 혀, 그리고 실로 고유한 미각을 가지고 있다. 그 나라의 혀를 알아보라. 그 나라의 음식을 먹고 와인을 마셔보라. 악기만큼이나 다양한 와인이 연주하는 관현악 반주에 맞춰 그 나라의 생선과 치즈, 기름과 훈제육, 빵과 과일의 조화에 진심으로 자신을 맡겨보라. 바스크의 갈대 파이프만큼 날카롭고, 붕대만큼 거칠며, 기타만큼 깊은 와인이 있다. 그러므로 따뜻하고 울림 있는 와인들이여, 나그네에게 당신들의 곡조를 들려주세요. 돈 미겔, 당신의 건강을 위하여 건배! 알다시피 나는 이방인

이다. 나는 이곳에 오기 위해 세 나라를 건넜지만, 그래도 여전히 당신과 친구가 될 수 있을 것 같다. 좋아요, 제게 와인을 더 따라주세요. 알다시피 스페인 사람들은 우리 체코인들과 공통점이 많다. 예를 들어 우리와 같은 ' č' 발음이 있고, 훌륭하고 든든한 'rrr' 발음도 있다. 그리고 당신들은 우리처럼 작은 것을 좋아한다. "당신의 건강을 위해 건배." 세르반테스 씨, 당신은 우리나라를 방문해야 해요. 우리는 하얀 거품이 있는 맥주로 당신의 건강을 빌어줄 테고, 이곳과는 다른 음식들로 당신의 접시를 가득 채

울 테니까. 민족 저마다의 미각이 따로 있지만, 우리는 좋은 선술집, 사실주의, 예술, 그리고 정신의 자유와 같은 건전하고 근본적인 문제에 관해서 서로를 이해할 거예요. 건배!

벨라스케스*의 위대함에 대하여

벨라스케스를 보고 싶다면 마드리드에 가야 한다. 우선은 그의 그림 대부분이 거기에 있기 때문이고, 또 다른 이유는 검소한 분위기 속에 화려함이 있고, 왕족의 사치와 평민의 소란이 혼재하며, 열정적인 동시에 차가운 도시, 딱 그런 곳이 마드리드이기 때문이다. 그는 당연하다는 듯 완벽하게 그곳과 어울린다. 마드리드를 요약하자면, 궁중의 화려함과 변덕스러운 혁명의 도시라 말하겠다. 이곳 사람들이 어떻게 고개를 드는지 주목하라. 반은 과시에서고 반은 완고함에서다. 내게 도시와 사람을 이해하는 재능이 조금이라도 있다면 마드리드의 분위기에는

* 시각적인 인상을 강조한 스페인의 대표 화가 디에고 로드리게스 데 실바 이 벨라스케스(1599~1660).

약간의 흥분을 야기하는 부드러운 긴장감 같은 것이 있다고 말하리라. 반면 세비야는 행복하게 휴식을 취하고, 바르셀로나는 반쯤 가려진 채 들끓고 있다.

그리하여 칼라트라바 기사이자 궁정 대신이며 저 창백하고 차갑고 이상한 펠리페 4세의 궁정화가인 디에고 데 실바 벨라스케스는 두 가지 권리로 스페인 국왕들이 있는 마드리드에 속해 있다. 무엇보다 그에게는 위대함이 있다. 그는 우월한 나머지 모든 거짓을 초월한다. 하지만 티치아노˙식의 풍성하고 특별한 위대함은 아니다. 여기에는 예리한 냉기가 있고, 세밀하면서도 단호한 감각이 있으며, 손을 지배하는 초자연적인 눈과 두뇌의 확신이 있다. 나는 그의 왕이 그에게 대신 작위를 준 것은 그를 보상하기 위해서가 아니라 두려워했기 때문이라고 생각한다. 벨라스케스의 집요하고 통찰력 있는 눈이 불안했을 테니까. 왕은 화가와 동등해지는 것을 견딜 수 없어서 벨라스케스의 지위를 고급 귀족으로 격상시켰다. 그래서 이 스페인의 궁중 기사는 피곤한 눈꺼풀과 차가운 눈동자를 지닌 창백한 왕을, 또는 얼굴에 붉은 화장을 한 창백한 공주들을, 꽁꽁 묶인 불쌍한 꼭두각시들을 그리게 된 것이다. 또는 물병 모양의 머리를 가진 궁정의 소인들, 기괴한 위엄을 자랑하는 궁정의 어릿광대와 바보들, 궁정의 장엄함을 무심코 희화화하는 불구의 천민 괴물들을 그리게 된 것이다. 왕과 그의 소인, 궁정과 궁정의 광대. 벨라스케스는 이 대조를 너무나 뚜렷하고 일관되게 강조해서 그것이 특별한 의미를 갖지 않을 수 없게 만들었다. 스스로 원

* 이탈리아 베네치아파의 대표적 인물인 베첼리오 티치아노(1490?~1576). 생생한 색감과 느슨하고 자유로운 붓 터치가 특징이다.

La grandeza

하지 않았다면 궁정 대신이 궁정의 하인들을 그런 식으로 그리는 것은 거의 불가능했을 것이다. 그림에 특별한 의미를 부여하지 않았어도 최소한의 잔인하고 냉혈한 메시지는 있다. 이것이야말로 왕과 그가 사는 세계임을 보여준 것이다. 벨라스케스는 단순히 의뢰를 수행하기에는 너무나 뛰어난 화가였고, 보이는 것만 그리기에는 너무나 위대한 인물이었다. 그는 지나치게 잘 보았기에 자신의 눈을 오로지 선명하고 탁월한 지성 전체를 위한 통찰의 매개체로 쓸 수밖에 없었다.

헌신자 엘 그레코

　도메니코스 테오토코풀로스, 일명 '엘 그레코'를 만나려면 톨레도로 가야 한다. 그가 잘 어울리는 곳이라기보다는 그의 흔적이 가득한 곳이기 때문이다. 게다가 톨레도에서는 그 어떤 것도 당신을 놀래지 않는다. 엘 그레코조차도. 그는 뿌리는 그리스에 두고, 색채는 베네치아를 닮았으며, 예술 세계는 고딕 양식에 물들어 있었다. 그리고 역사의 변덕스러운 장난으로 그는 바로크가 광기를 터트릴 때 홀연히 등장했다. 바로크의 회오리바람에 부딪힌 고딕의 수직성을 상상해보라. 고딕의 선은 뒤틀리고, 바로크의 물결은 솟구쳐 올라 고딕의 수직 분출에 스며든다. 때로는 이 두 힘의 긴장으로 그림이 갈라질 것만 같다. 강한 충격이 얼굴을 일그러뜨리고, 몸을 비틀며, 폭풍우라는 주름진 옷으로 그들을 휘감는다. 폭풍우 속에서 펄럭이는 침대보처럼 구름이 풀어 헤쳐지고, 갑작스럽고 비극적인 빛이 관통하며 스며든다. 부자연스럽고 기이할 정도로 강렬하게 색채를 불태우면서 말이다. 심판의 날이 다가온 것처럼, 하늘과 땅에 징조와 전조가 나타나는 듯하다.

엘 그레코 안에 두 가지 스타일이 섞여 있듯 그의 그림 안에서도 충돌하며 극단으로 내몰리는 두 가지 요소가 느껴진다. 하나는 고딕 시대까지의 신성한 예술에서 보이는

하느님에 대한 직접적이고 순수한 비전이고, 다른 하나는 지나치게 인간적인 가톨릭 바로크 예술이 감정적으로 자극받은 무절제한 신비주의다. 이 두 가지 상반된 요소가 그레코의 작품 속에서 함께 공명한다. 옛 그리스도는 사람의 아들이 아니라 자신의 영광 속에 있는 신 자체였다. 비잔틴 출신의 엘 그레코는 옛 그리스도를 내면에 간직했다. 하지만 바로크 시대의 유럽에서 그는 육신을 가진 인간화된 그리스도를 발견했다. 옛 신은 자신의 만돌라* 안에서 숭고하고, 무자비하며, 약간은 경직되게 군림했다. 반면 바로크와 가톨릭의 신은 천사 합창단과 함께 지상으로 미끄러져 내려와, 신자를 붙잡아 자신의 부드러운 영광의 범위 안으로 끌어들이려 했다. 비잔틴 출신의 그레코는 신성한 침묵의 바실리카에서 시끄러운 오르간 음악과 광란의 행렬이 넘실대는 교회로 들어왔다. 이것은 그에게 상당히 중요한 의미를 지녔다. 하지만 그 소란 속에서도 그는 자신의 기도에서 흐름을 잃지 않았고, 스스로 무시무시하고 부자연스러운 목소리로 외치기 시작했다.

---

* 종교미술에서 그리스도나 성인의 영광을 나타내기 위해 그린 아몬드 형태의 후광.

그의 내면에 믿음의 광란이라 할 만한 것이 생겨났다. 이 세속적이고 물질적인 소란으로는 그를 진정할 수 없었다. 그는 더 날카롭고 격렬한 울부짖음으로 이를 이겨내야 했다. 얼마나 이상한 일인가. 이 동방의 그리스인은 감정을 황홀경에 이르는 수준으로 끌어올리고 풍만하고 탄탄한 인간적 속성을 제거함으로써 서양의 바로크를 능가했다. 그는 나이가 들수록 인물의 인간성을 제거하고, 신체를 불균형할 정도로 길게 늘였으며, 순교로 얼굴을 수척하게 만들었고, 눈동자는 기둥을 향해 크게 뜨도록 고정했다. 천국을 향해서 위로! 그는 색채에서 현실성을 제거했다. 그의 어둠은 쉭쉭거리고, 그의 색채는 번개로 밝혀진 것처럼 불타오른다. 너무나 연약하고 비물질적인 손들이 경이와 공포 속에 추어올려진다. 폭풍우 치는 하늘이 갈라지고, 경외와 믿음의 날카로운 애도가 고대의 신에게 가닿는다.

그렇다. 이 그리스인은 압도적인 천재였다. 어떤 사람들은 그가 미쳤다고 한다. 눈이 자신의 비전에 열정적으로 고정된 사람은 모두 조금 미친다. 혹은 적어도 그는 비전의 소재와 형식을 다른 어느 곳도 아닌 자신에게서 가져오기 때문에 매너리즘에 빠진다. 톨레도에서 외국인들은 엘 그레코의 집을 보게 된다. 나는 이 매력적인 작은 집과 잘 다듬어진 타일 정원이 그 기묘한 그리스인의 것이었다고는 믿을 수 없다. 너무 세속적인 미소를 짓고 너무 번성해 보이는 까닭이다. 우리는 엘 그레코가 자신의 아들에게 남긴 유일한 유산이 그림 이백 점이었다는 것을 알고 있다. 당시에는 이 크레타섬 출신 괴짜 화가의 제단화에 대한 수요가 그다지 많지 않았던 모양이다. 오늘날에야 비로소 관객들이 경건한 마음으로 감탄하며 이 그림들 주위에 모여든다. 하지만 그들은 신앙이 없는 사람들로, 이 그리스인의 경건함이 발하는 날카롭고 절망적인 울부짖음에 전혀 놀라지 않는다.

고야[*] 예술의 상반된 두 가지

마드리드 프라도 미술관에는 고야의 그림과 드로잉이 수십 점씩 전시되어 있다. 고야 때문이라도 마드리드는 순례의 대상이 되는 위대한 장소다. 그 전에도 그 후에도 고야처럼 풍부한 포용력과 강렬하고 무자비한 열정으로 자신의 시대를 어두운 면까지 모두 아울러 묘사한 화가는 없었다. 고야는 사실주의가 아니다. 고야는 맹공격이다. 고야는 혁명이다. 고야는 그림으로 발언하는 팸플릿 작가의 비판 정신과 발자크의 세밀한 사회 묘사 능력을 동시에 가진 예술가다.

그의 가장 훌륭한 작품은 고블랭[**] 태피스트리의 도안

- 밝은 색채로 날카로운 풍자가 가득한 그림을 그린 스페인의 대표적인 화가 프란시스코 호세 데 고야 이 루시엔테스(1746~1828).

이다. 시골 축제, 아이들, 거지들, 야외 춤판, 다친 벽돌공, 싸움, 물병을 든 소녀들, 포도 수확, 눈보라, 게임, 노동자 계급의 결혼식. 순수한 삶, 그 기쁨과 슬픔, 장난스럽고 악한 장면들, 엄숙하면서도 행복한 광경을 표현했다. 이 같은 사람들의 풍성한 삶은 이전의 어떤 그림 연작에서도 쏟아져 나온 적이 없었다. 그것은 민요, 활기찬 호타,••• 사랑스러운 세기디야••••의 효과를 낸다. 그것은 로코코의 한 사례이지만 이제는 완전히 인간화되었다. 고야는 격렬한 화풍으로 유명하지만 이 특정한 작품에서는 한층 섬세한 면을 보여주었다. 이것이 민중을 향한 고야의 태도다.

그는 왕실 가족의 초상화를 그렸다. 건방지고 무기력한데다 우둔하고 둔감한 관리 같은 카를로스 4세, 광적이고 날카로운 눈빛을 가진 불행한 악처이자 악랄한 말참견쟁이인 마리아 루이사 왕비, 그리고 지루하고 뻔뻔하며 혐오스러운 그들의 가족들이 묘사되었다. 고야가 그린 왕의 초상화는 모욕에 가깝다. 벨라스케스는 아첨하지 않았다. 고

•• 프랑스 파리에 있는 태피스트리 제작소.
••• 스페인 북부의 민속춤. 또는 그런 춤곡. 빠른 리듬으로 기타나 캐스터네츠로 반주한다.
•••• 두 사람이 추는 스페인의 민속춤. 또는 그런 춤곡.

야는 심지어 전하들을 비웃고 경멸하기까지 했다. 그때가 프랑스 혁명 10년 후였는데, 한 화가가 눈 하나 깜빡하지

않고 왕에게 왕에 대한 자신의 생각을 털어놓은 것이다.

하지만 몇 년 후에 또 다른 혁명이 일어났다. 스페인 국가가 프랑스 정복자와 맞서 필사적으로 저항한 것이다. 고야가 그린 놀라운 그림 두 점이 있다. 스페인인들이 뮈라•의 맘루크•• 병사들을 필사적으로 공격하는 장면과 스페

• 나폴레옹을 따라 활약한 프랑스의 군인 조아킴 뮈라(1767~1815).

인 반란군의 처형 장면을 그린 것이다. 이 그림들의 순수한 천재성과 감성적 웅변은 회화 역사 전체에서 그 유례를 찾아볼 수 없다. 동시에 고야는 단순한 우연으로, 60년 후 마네***가 채택한 현대적인 구성을 만들어냈다.

〈옷 벗은 마하〉는 성에 대한 현대적 폭로다. 이전의 그 어떤 헐벗음보다 적나라하고 육감적인 나체, 에로틱한 과시의 종말, 알레고리적 나체의 최후를 드러냈다. 이 그림은 고야의 유일한 누드화이지만 그 속에는 수많은 학술적 누드화보다 더 많은 것이 노출되어 있다.

고야는 섬뜩한 마녀들의 안식일 풍경으로 자신의 집을 장식했다. 이 그림들은 캔버스 전체를 오직 흑백으로만 열정적으로 표현한 것이다. 마치 섬뜩한 번개에 비친 지옥 같다. 마녀들, 불구자들, 기형들이 어둠 속에서 뒹굴며 짐승처럼 행동한다. 고야는 인간의 안과 밖을 뒤집어 콧구멍과 목구멍을 통해 들여다보고, 왜곡된 거울에 비친 인간의 뒤틀린 추악함을 연구한 것 같다. 마치 악몽 같고, 공포와 저항의 비명 같다. 고야가 이 일로 재미를 느꼈으

•• 엘리트 군인 계층을 형성했던 백인 노예.
••• 인상주의의 아버지라 불리는 프랑스의 화가 에두아르 마네(1832~1883).

리라고는 상상할 수 없다. 오히려 고야는 그런 일에 맞서 열정적으로 투쟁했을 것이다. 나는 가톨릭 악마의 뿔과 종교재판관들의 두건이 이 히스테릭한 지옥에서 튀어나온 것 같아 불안한 느낌이 들었다. 당시 스페인에서는 헌법이 폐지되고 종교재판소가 복원되었다. 내전의 격변에서 벗어나고 광신적인 군중의 도움으로 어둡고 피비린내 나는 전제주의의 반동이 자리 잡았다. 고야가 구현한 공포의 방은 혐오와 증오의 맹렬한 외침이었다. 어떤 혁명가도 이처럼 광적이고 격렬한 항의로 세상에 맞선 적은 없었다.

고야가 그린 여러 점의 스케치에는 대단한 기자가 쓴 문예란 기사. 마드리드의 생활 장면, 하층민들의 결혼식

El reverso

과 풍습, 아름다운 여성들과 거지들, 삶의 본질, 민중의 근본. 기사도 정신의 관점에서 바라본 투우, 투우의 회화적 아름다움, 투우의 피와 잔인함, 종교재판, 사악한 교회의 가식, 풍자문학에서 뽑아낸 맹렬하고 신랄한 페이지들, 전쟁의 참화, 전쟁에 대한 무서운 고발 등 모든 시대를 위한 기록이 포함되었다. 열정적이고 단순명료한 방식으로 호전적이고 흉포한 연민을 묘사했다. 고야의 연작 판화 〈카프리초스〉는 불멸의 영혼을 독차지하는 불행하고 섬뜩하고 기괴한 생명체에게 고야가 퍼붓는 웃음과 흐느낌이다.

독자여, 세상은 이 위대한 화가, 이 가장 현대적인 화가에게 아직 정당한 평가를 내리지 못했다. 그가 가르치는 교훈은 아직 세상에 전달되지 않았다. 이 거칠고 공격적인 절규, 인류의 폭력적이고 전율을 불러일으키는 본질. 여기에는 학문적인 지루함도, 미적인 유희도 없다. 한 사람이 '삶을 꿋꿋이, 그리고 전체적으로 바라본다'는 것, 그것도 진실로 삶을 이해한다는 것은 고야가 행동하는 사람, 투사, 중재자, 선동가라는 의미다. 마드리드에 혁명이 일어나고 있다. 프란시스코 고야 루시엔테스가 프라도 미술관에 바리케이드를 치고 있다.

그 밖의 다른 사람들

더는 놀랄 것이 없다. 고야만큼 나를 경탄케 하는 거장은 없지만, 리베라*나 수르바란** 같은 다른 화가들의 작품 세계도 매력적이다. 리베라는 어둡고 엄격한 화가인데, 그가 성인과 순교자라 이름 붙인 그 수척한 노인들과 힘줄 잡힌 사내들이 마음에 든다. 그러나 여기 속세와 구원 사이에 있는, 수도복처럼 검고 성가복처럼 흰, 한층 거룩한 대가가 있다. 바로 수르바란인데, 수르바란이란 이름 자체가 그의 그림만큼이나 넓고 건장하다. 그는 평생 수도사들만 그렸다. 그들은 빼빼 마르거나 초췌한 사람들

---

* 극적인 사실주의와 날카로운 명암 대비가 특색인 스페인의 화가 후세페 데 리베라(1591~1652).
** 성직자나 성자의 생활을 주로 그렸으며, 명암의 대비가 강한 것이 특색인 스페인의 화가 프란시스코 데 수르바란(1598~1664).

이지만, 언제나 억센 섬유질로 만들어진 것 같다. 그들은 수도원 생활의 근본이념을 형성하는 것이 무엇인지, 즉 확고한 규율과 엄격한 남성다움이 무엇인지를 보여준다. 혹시 면도하지 않은 상태의 마르고 거칠거칠한 남자의 영광스러운 모습을 보고 싶다면 군대의 지도자나 왕의 초상화를 찾지 말고 가치 있고 경건한 수르바란의 위대한 수도자를 보기 바란다.

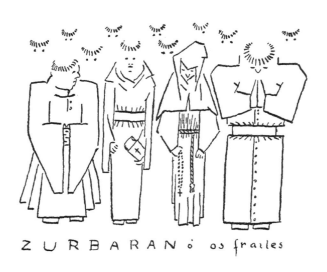

ZURBARAN o os frailes

무리요*의 작품을 보고 싶다면 세비야로 가는 것이 좋다. 그의 작품이 매력적인 이유는 바로 세비야 특유의 열정적인 부드러움 때문이다. 그가 그린 성모 마리아 작품들은 부드럽고 따뜻한 빛 속에 있는데, 꼭 세비야의 풍만하고 매력적인 여자들 같다. 착한 돈 에스테반은 천국을 안달루시아에서 발견함으로써 천국을 영화롭게 했다. 트리아나나 다른 교외 지역의 곱슬머리 소년들도 그렸다. 오늘날 그 소년들의 그림은 전 세계 박물관에 흩어져 있지만, 그 소년들은 지금도 스페인의 산책로와 광장을 활보하며 굉장한 소리를 내고 다닌다. 그리고 외국인이 무리요의 아이들을 찾는 것 같으면, 함성을 내지르며 달려들어 기존의 남부 아이들의 구걸 풍습대로 페세타와 페로••를 갈취한다.

이제 스페인 미술 전체를 되돌아보며, 고문당하고 가죽이 벗겨진 몸의 모든 부속물을 가진 밀랍 그리스도상과 채색 조각상들, 실제로 부패한 냄새가 나는 것 같은 무덤들, 그리고 그 기형적이고 무자비한 초상화들을 떠올려 보니, 오, 하늘이시여, 정말 가관이 아닐 수 없다! 스페인

- 벨라스케스, 리베라와 함께 스페인 바로크 회화의 대표적인 화가로, 성모와 성자들을 생생하게 그린 바스톨로메 에스테반 무리요(1618~1682).
- •• 원래는 '개'를 뜻하나 '작은 동전'을 의미하는 은어로 쓰였다.

MURILLO o los niños

미술은 인간을 있는 그대로, 무시무시한 강조와 거의 웅변적인 방식으로 드러내는 것을 특기로 삼았다. 이것이 바로 돈키호테다! 이것이 바로 왕이다! 이것이 바로 불구자다! 바로 이것이 인간이로다! 아마도 이는 우리의 죄 많고 죽을 수밖에 없는 육신의 허울을 부정하는 가톨릭적인 태도일 것이다. 아마도 그것은……

잠깐, 이제 무어인들에 관해 몇 가지를 덧붙여야겠다. 그들이 얼마나 대단한 예술가들인지 상상도 못 할 것이다. 그들의 실내장식, 색조, 건축에 쓰인 금세공과 아치형 출입구, 그 마법 같은 광채, 섬세함, 열정적인 창의성, 조형예술의 숙련도란! 그러나 코란은 그들이 인간을 묘사하는 것을 금했다. 그들은 인간을 모방하거나 그 형상대로 우상을 만들 수 없었다. 스페인의 기독교 재정복이 십자가와 함께 인간의 형상을 가져왔다. 아마도 그 후로 코란의 저주가 깨졌기 때문에 인간의 형상이 스페인 미술을 이토록 강렬하고 때로는 터무니없을 정도로 사로잡았는지도 모른다. 스페인은 광대하고 그림 같은 풍경을 지니고 있음에도 19세기까지 풍경화가 없었다. 오직 인간의 형상, 나무 십자가 위의 인간, 권력의 정점에 있는 인간, 불구가 된 인간, 죽어 썩어가는 인간의 형상만 있

었다······. 프란시스코 데 고야 이 루시엔테스의 종말론
적 민주주의에 이르기까지 말이다.

안달루시아

솔직히 기차에서 깨어나 창밖을 내다보았을 때 내가 어디에 있는지 도통 감이 잡히지 않았다. 철도를 따라 산울타리 같은 것이 보였고, 그 뒤로는 갈색 평지가 펼쳐졌으며, 들판에는 여기저기 성긴 수목들이 생기 없이 솟아 있었다. 나는 브라티슬라바*와 노베잠키** 사이의 어딘가를 여행하는 것 같은 느낌이 강하게 들면서 편안해졌고, 〈키수차, 키수차〉 등 그 상황에 어울리는 노래들을 흥겹게 휘파람으로 불며 세수를 하고 몸단장을 하기 시작했다. 그러다 더는 체코 노래가 생각나지 않을 때쯤 내가 산울타리로 착각했던 것이 180센티미터 높이의 빽빽한 백

---

* 슬로바키아의 수도.
** 슬로바키아 서남부 니트라 강가의 도시.

년초와 통통한 알로에, 그리고 카마에로프스*로 짐작되는 왜소한 야자수임을 알아차렸고, 생기 없는 나무들은 대추야자였으며, 갈색의 경작지는 안달루시아였음도 확실히 알게 됐다.

이제 어떤 상황인지 알 것이다. 당신이 경작된 황야와 호주의 옥수수 밭과 캐나다의 밀이 가득한 광활한 땅, 또는 어디인지 하늘만 알 수 있는 어떤 곳을 여행 중이라면 그곳은 틀림없이 콜린**이나 브르제츨라프*** 근

---

*   지중해 연안에서 자생하는, 내한성이 강한 관목성 야자나무.
**   체코 중부의 도시.
***   체코 동남부의 작은 도시.

처의 시골과 정확히 똑같을 것이다. 자연은 무한히 다양하고, 인간은 머리카락과 언어, 그리고 수천 가지 삶의 방식에서 차이가 난다. 하지만 농부의 일은 어디에서나 똑같고, 땅의 표면은 똑같이 곧고, 규칙적인 이랑에 똑같이 배치된다. 집은 다르고 교회들도 다 다르다. 심지어 전신주도 나라마다 다르다. 하지만 경작된 들판은 파르두비체* 근처든 세비야 근처든 어디나 똑같다. 이 점은 위대하면서도 단순하다.

그러나 안달루시아의 농부는 우리 농부들처럼 걸음걸이가 굼뜨고 거칠지 않다는 점은 덧붙여야겠다. 안달루시

---

* 엘베강에 면한 체코 중북부의 도시.

아 농부는 당나귀를 타고 다니는데, 덕분에 성서 속 인물 같이 과도하게 진중한 동시에 우스꽝스러워 보인다.

세비야의 거리들

알하라페 와인 한 병이나 다른 무엇을 두고 내기를 걸어도 좋다. 가이드면 가이드, 기자면 기자, 심지어 젊은 여성 관광객들조차도 '웃는 세비야'라 표현하리라고 말이다. 어떤 상투적인 문구와 수식어들은 끔찍하고 성가실 정도로 적절한 때가 있다. 그렇게 말하는 나를 때려눕히거나 요설가 또는 뻔뻔한 수다쟁이라 부를 수 있겠으나, '웃는' 세비야는 정말 웃고 있는 세비야다. 어쩔 수 없다. 사실 이 도시를 묘사할 다른 방법이 없다. 그냥 '웃는' 세비야일 뿐이다. 그 눈가와 입가에는 명랑함과 부드러움이 가득하다.

이는 아무리 좁은 골목도 토요일마다 새로 회백색을 칠한 것처럼 빛나기 때문일 것이다. 그리고 모든 창문, 모든 격자창마다 화환과 제라늄과 푸크시아와 작은 야자수와 각종 초록 식물들이 나와 있다. 여기저기 여름철 차양이 아직도 지붕과 지붕 사이를 가로지르고 하늘은 푸른 칼처럼 그 사이를 가르고 있다. 길을 걷다보면 마치 길이 아닌 방문 중인 어떤 집의 꽃이 가득한 복도를 지나가는 것 같다. 근처 모퉁이에서 누군가가 당신의 손을 잡고 "만나서 반가워요" 또는 "기분이 어때요?" 혹은 그런 종류의 유쾌한 말을 서슴없이 걸어올지도 모른다. 여기 있는 모든 것은 새것처럼 깨끗하다. 화환과 튀김 기름 냄새가 난다. 모든 문마다 격자창이 있고, 그 문들은 보기 좋은 천상의 정원이라 불리는 파티오로 이어진다. 여기에도 마졸리카 돔과, 큰 축제라도 있는 것처럼 입구가 화려한 교회가 있다. 그리고 이 모든 것 위로 히랄다*의 빛나는 첨탑이 솟아 있다. 이 좁고 구불구불한 골목은 뱀처럼 꼬여 있다고 해서 '시에르페스'라고 불린다. 여기 세비야의 삶은 밀도 있게, 그리고 천천히 흘러간다. 카지노와 선술집, 레이스와 꽃무늬 실크로 가득한 상점들, 가벼운 안달루시아 솜브레로를 쓴 젊은이들이 있다. 사람들이 와인을 마시고, 수다를 떨고, 흥정을 하고, 웃고, 이런저런 방식으로 한가롭게 어슬렁거리는 통에 차량 출입이 불가능한 작은 골목길

* 세비야의 상징 같은 첨탑.

이 있다. 그리고 옛 지구 한가운데 주택가와 파티오들 사이로 낡은 대성당이 있는데, 마치 너무 거대해서 인간의 눈으로는 전체를 한 번에 조망할 수 없어야 한다는 듯 어디에서든 그 일부분만 보인다. 또 다른 파이앙스* 교회와 정면이 밝고 우아한 미니어처 궁전들, 아케이드와 발코니, 양각된 격자창, 톱니 모양의 벽 너머로 야자수와 잎이 넓은 무사바나나나무가 굽어살핀다. 언제나 매력적인 무언가가 있다. 마음이 편안해지는 아늑한 구석, 절대 잊고 싶지 않은 곳이 있다. 그 작은 광장에 있는 수녀원의 방처럼 하얗고 평화로운 나무 십자가를 상상해보라. 세상에서 가장 좁은 길과 가장 매력적인 구석진 곳을 품고 있는 이 도시의 그 사랑스럽고 조용한 구역을 생각해보라.

그렇다. 바로 그곳이었다. 황혼이 내리고, 거리의 아이들은 천상의 소리를 내는 듯한 손풍금 선율에 맞춰 세비야나**를 추고 있었다. 근처 어딘가에 무리요의 집이 있다. 맙소사, 내가 거기 살았다면 내 모든 글이 다정하고

---

* 주석을 함유한 불투명 유약을 바르고 장식을 그려 넣은 도기.
** 스페인의 항구도시 세비야에 전승되어온 민요나 무용. 플라멩코에도 영향을 미쳤다.

유쾌했을 것이다. 그리고 거기에는 세상에서 가장 아름다운 장소도 있다. 도냐 엘비라 광장 또는 산타 크루스 광장이라 불리는 곳이다. 아니, 이건 다른 두 장소다. 그리고 이제 나는 어느 것이 더 아름다운지 모르겠다. 그 아름다움과 나의 고단함에 눈물을 흘린 것이 부끄럽지 않다. 노란색과 빨간색 정면, 그리고 중앙에는 깔끔한 녹색 정원이 있다. 정원에는 파이앙스 도자기와 회양목, 아이들, 협죽도, 양각된 십자가와 저녁 종소리가 있다. 그리고 나처럼 무가치한 인간은 모든 것의 가운데에 서서 어안이 벙벙해진 말투로 중얼거린다. '맙소사, 이렇게 꿈같고 동화같은 곳이 또 있을까!'

그러고 나면 더는 할 말이 없다. 할 수 있는 일이라곤 눈부신 아름다움에 스스로를 내맡기는 것뿐이다. 물론 당신도 젊고 아름다워야 한다. 목소리는 멋져야 하고, 만틸라를 두른 아름다운 아가씨를 미친 듯 사랑해야 한다. 그것으로 충분하다. 아름다움은 그 자체로 충분하다. 그러나 아름다움에는 여러 종류가 있다. 그중에서도 세비야의 아름다움은 특히 관능적이고 매력적이며, 아늑하고 다정하다. 그것은 가슴에 십자가를 지닌 여성적인 풍요로움을 가지고 있으며, 월계수와 담배 향이 나고, 품

위 있고 관능적인 안락함 속에서 여유가 넘친다. 마치 거리와 광장이 아닌, 만족스러운 사람들이 살고 있는 집의 통로와 파티오를 걷는 것 같다. 발끝으로 걸어도 아무도 "어디를 그렇게 기웃대세요, 참견꾼 양반?"이라고 묻지 않는다.

　(갈색의 큰 격자무늬가 있는 바로크 궁전도 있다. 처음에는 왕

궁인 줄 알았지만 알고 보니 정부의 담배 공장이었다. 바로 카르멘이 담배를 말았던 그 공장 말이다. 수많은 카르멘이 귀 뒤에 협죽도를 꽂고 트리아나에 살며 여전히 그곳에서 일한다. 반면 돈 호세는 삼각모를 쓴 헌병이 되었다. 그리고 스페인 담배는 여전히 끔찍할 정도로 강하고 검다. 의심할 여지 없이 트리아나에서 온 어두운 소녀들의 영향 때문일 것이다.)

창살과 안뜰

　세비야 거리들이 통로와 안뜰처럼 보인다면, 아파트 창문은 벽에 매달린 새장처럼 보인다. 이들은 모두 격자로 되어 있고 집 바깥으로 튀어나와 있다. 이 격자가 '레하스'다. 나선형, 회초리, 그리고 막대 모양의 아름다운 금속공예품일 때도 있고, 온갖 꼬임과 교차 패턴을 가지고 있기도 한다. 레하스 아래에서는 〈그녀의 검은 눈〉 또는 〈내 슬픈 마음〉과 같은 세레나데를 땡까땡까 기타 반주에 맞춰 불러줘야 할 것 같다. 어이, 아가씨!

　　내 슬픔을 너에게 전하기 위해
　　나 기타로 노래하리니
　　무슨 말인지 이해하지 못한다면
　　영혼이 있다고 말하지 마오(땡까땡까)

La reja

소녀가 희귀한 새처럼 격자창 안에 있을 때 매력이 한층 더해진다는 것을 당신은 꿈에도 모를 것이다.

총체적으로 보아 양각 격자는 스페인 국가 예술의 특기인 것 같다. 내가 어떤 언어적 돋을새김이나 꼬임을 만들어내도 교회의 격자창을 능가할 수 없을 것이다. 세속적인 격자창에 관해 말하자면, 문 대신 아름다운 격자창이 집 안으로 이어지고, 창문들은 격자창으로 반짝이며, 꽃잎 덩굴이 격자창 발코니에서 늘어져 있다. 그래서 전체적으로 세비야는 하렘이나 새장 같아 보인다. 아니, 잠깐. 마치 현이 가로지르고, 당신의 눈은 그 위를 훑으며 매혹적인 사랑의 후렴구를 연주하는 것 같아 보인다. 세비야의 격자창은 가두는 역할을 하는 게 아니라 액자 구실을 한다. 집 안을 엿보게 해주는 장식적인 액자 격자창인 것이다. 아아, 친구들이여, 세비야의 파티오, 파이앙스 도자기

타일로 장식된 하얀 응접실, 꽃과 야자수가 가득한 열린 안뜰, 인간 가족이 살고 있는 작은 낙원의 모습을 기쁜 마음으로 일별하시라! 집집마다 있는 파티오가 서늘한 그늘을 당신에게 선사한다. 아무리 가난할지라도 그곳의 벽돌 바닥은 작은 초록 정글로 꾸며져 있다. 난초 한두 개, 협죽도, 도금양, 꼬리풀, 축축한 용혈수, 그리고 값싸고 멋진 아스파라거스 화분으로 가득하다. 그뿐만 아니라 벽에는 자

주달개비, 수수꽃다리, 코르딜리네, 기장,* 새장 등이 매달려 있고 마당에는 할머니가 고리버들 의자에 앉아 한가로이 쉬고 있다. 그러나 회랑으로 둘러싸이고 마졸리카 도자기로 포장된 파티오도 있는데, 거기에서는 파이앙스 분수가 쏴 하는 소리를 내며 올라오고, 야자나무와 카마에로프스는 가지를 펼치고, 무사바나나와 코코넛과 관상용 종려나무와 피닉스는 필로덴드론**으로, 팔손이, 군자란, 유카,*** 화살나무의 빽빽한 잎 사이로 길게 뻗은 잎을 아치형으로 늘어뜨린다. 고사리, 맨드라미, 베고니아, 동백나무는 물론이고, 잃어버린 낙원에 있는 모든 곱슬곱슬하고 깃털 같고 삐죽삐죽하고 통통한 잎사귀들도 빠지지 않는다. 이 모든 것이 작은 마당의 화분에 가꾸어져 있는데, 집마다 아름다운 격자창 사이로 들여다보면 낙원을 연상케 하는 파티오가 있어 궁전 같은 인상을 주며, 그곳이 바로 집이라고 느끼게 해준다.

집과 가족. 전 세계 모든 곳에 집과 거주지가 있지만,

---

* 볏과의 한해살이풀.
** 브라질과 서인도제도 원산의 상록 여러해살이풀.
*** 용설란과의 여러해살이풀.

유럽에는 사람들이 진정한 의미에서 전통적이고 시적인
방식으로 가정을 꾸민 두 지역이 있다. 하나는 담쟁이덩
굴로 뒤덮인 오래된 영국으로, 벽난로와 안락의자, 책이
있는 곳이다. 다른 하나는 여성의 영역, 가족생활, 가정의
꽃피는 중심을 격자창을 통해 엿볼 수 있는 스페인이다.
이 무성하고 후텁지근한 땅에는 가족 벽난로는 없지만,
가족 테라스가 있어서 선량한 사람들의 가정적인 안락함

과 그들의 자녀와 일상의 축제를 엿볼 수 있다. 이곳에서 여자로 사는 것은 정말 좋으리라 장담한다. 여성은 야자수, 월계수, 도금양 향기가 가득한 화려한 가정의 안뜰에서 큰 영광과 높은 명예를 누리기 때문이다. 가정의 아름다움은 여성에 대한 특별하고 강력한 찬미라고 나는 믿는다. 그것은 여성의 지배력을 나타내고, 그녀의 명성을 드높이며, 그녀의 왕좌를 에워싸고 있다. 여기서 말하는 여성은 눈이 큰 소녀가 아니라 등나무 의자에 앉아 있는 수염 난 노부인, 즉 당신의 어머니를 뜻한다. 바로 그분의 존귀함을 기리기 위해 이 글을 쓴다.

히랄다

히랄다는 세비야의 랜드마크다. 너무 높아서 어디서든 보인다. 만약 세계 여행 중에 집들 위로 우뚝 솟아 있는 히랄다의 갤러리와 작은 탑을 발견한다면 당신이 세비야에 있다고 확신해도 좋다. 그리고 당신은 정말 운이 좋다고 감사해야 할 것이다. 히랄다는 기독교 종이 달린 무어식 첨탑이다. 아랍 장식의 아름다운 무늬로 둘러싸여 있고, 꼭대기에는 '믿음'을 상징하는 조각상이 서 있다. 아래쪽은 로마와 서고트 시대의 석회암 돌로 지어졌다. 이는 스페인 전체를 상징한다. 로마의 기반 위에 무어인의 화려함이 있고, 가톨릭 정신이 존재한다. 로마는 이곳에 도시 문명의 일부만 남겼지만, 더 지속적인 라틴 농부 계층을 물려주었다. 이는 라틴어 사용을 의미한다. 이 시골풍 라틴 문화는 고도로 발달했고 사치스러우며 거의 퇴폐

적인 무어 문화의 공격을 받았다. 무어 문화 자체가 역설적이었다. 가장 정교한 단계에서조차 유목민의 흔적을 간직하고 있었다. 무어인들이 성과 궁전을 지었지만, 그들이 원래 천막에서 살았던 흔적을 발견할 수 있다. 무어식 테라스는 오아시스 같은 아늑함을 재현한 것이다. 스페인 마당의 졸졸 흐르는 분수대는 오늘날까지도 시원한 물

줄기라는 사막의 꿈을 충족시켜준다. 화분이 심긴 정원은 이동 가능한 정원을 나타낸다. 천막 거주자는 자신의 집과 모든 사치품을 포장해서 나귀에 실을 수 있게 한다. 그래서 집은 직물로, 사치품은 금세공으로 만든 것이다. 그의 천막은 성이다. 화려함과 영광으로 치장되어 있지만, 그 화려함은 사람이 등에 짊어질 수 있는 것이다. 그것은 염소나 양털로 직조되고 수를 놓아 만들어졌다. 무어식 건축물 또한 직물의 섬세한 아름다움과 표면적 매력을 간직하고 있다. 무어인은 심지어 레이스처럼 정교한 아치형 입구와 장식이 새겨진 천장과 벽을 지었다. 비록 히랄다를 싸서 노새에 실어 옮길 수는 없었지만, 다리를 꼬고 앉아 천을 짜고 바느질한 것처럼 카펫 무늬와 섬세한 직물로 히랄다의 벽을 장식했다. 이후에 라틴 농부와 십자가와 칼을 든 서고트 기사가 동양의 마술사를 몰아냈지만, 그들은 결코 이 풍성하게 짜인 꿈을 완전히 지울 수는 없었다. 화려한 고딕 스타일, 르네상스 은세공 스타일, 화려한 바로크풍 장식 스타일은 모두 건축적인 자수와 레이스 작업, 필리그리* 누비에 불과하다. 이것들이 돌벽을 덮고

---

* 금속 선을 구부리거나 잘라서 금속 표면에 붙여 표현하는 기법.

꿈결 같은 환상의 빛나는 직물로 변화시킨다. 국가는 멸망했지만 그 문화는 살아남았다. 이 가톨릭 국가 중에서도 가장 가톨릭적인 나라가 여전히 무어인의 영향 아래 있다. 이 모든 것과 많은 다른 것을 당신은 세비야의 히랄다 탑에서 직접 볼 수 있다.

히랄다에서는 세비야 전체가 보이는데 너무 하얗고 반짝거려서 눈이 아프고, 파이앙스 타일로 만든 돔과 종탑, 전망대, 야자수와 사이프러스가 엮인 평평한 기와지붕 덕에 도시가 분홍빛으로 보인다. 그리고 바로 아래에는 기괴할 정도로 거대한 대성당 지붕이 있다. 기둥, 고딕 탑, 벽의 지지대, 교차 아치, 종탑이 솟아 있으며, 주위로는 눈에 보이는 것보다 멀리, 멋진 집들로 반짝이는 안달루시아의 녹색과 금색 평원이 펼쳐져 있다. 시력이 좋다면, 더 많은 것을 볼 수 있다. 파티오 뒤편의 가족들, 아주 작은 화분을 들여놓을 공간만 있다면 발코니와 테라스, 평평한 지붕 위 어디든 만들어놓은 정원들, 그리고 마치 이 인생에는 아름다움 외에는 생각할 것이 없다는 듯 꽃에 물을 주거나 크림색 석회 코팅으로 하얗게 빛나는 큐브 모양의 집을 더 깨끗하게 칠하는 여인들을 보게 될 것이다.

이제 우리 앞에 하얀 도시가 펼쳐졌으니 특별히 경의를 표할 만하고 훌륭한 작품들로 장식된 두 곳으로 순례를 떠나보자. 첫째는 대성당이다. 모든 제대로 된 대성당은 두 가지 특징을 가지고 있다. 우선 대성당은 너무 커서 인간의 거주지와는 완전히 동떨어져 있다. 대성당은 양 떼 가운데 서 있는 신성한 코끼리처럼 고립되고 이질

La Catedral

적이며, 인간의 무리에서 돌출되어 나온 신선한 언덕 같다. 그리고 둘째, 당신은 대성당에 들어서는 순간, 도시의 한가운데 있는 거대한 열린 공간을 발견하게 된다. 그 공간은 시장보다 크고, 도시 광장보다 넓다. 좁은 골목, 뜰, 가정집 거실에서 그곳에 도착하면 마치 산 정상에 다다른 것 같다. 이 기둥들과 아치형 지붕은 공간을 둘러싸지 않고, 넓게 휘어져 확장하면서 중세도시의 군중 속에 넓고 높은 출구를 제공한다. 여기에서, 내 영혼이여, 안도의 한숨을 내쉬라. 신의 이름으로 당신은 깊고 편안한 숨을 쉴 수 있다.

　하지만 현재로선 안에 든 것을 다 말해주기 어렵다. 대리석 제단과 거대한 격자무늬, 그리고 콜럼버스의 무덤.

La Catedral

무리요와 목조 조각, 금과 창살 무늬, 대리석과 바로크 양식, 제단화와 설교단, 그리고 내가 보지도 못한 다른 많은 가톨릭적인 물건이 있다. 나는 그 모든 것을 아우르는 다섯 개의 크고 가파른 제단과 아주 신성한 제단의 전시와 세비야의 광채 위로 우뚝 솟은 숭고한 구조물을 보았다. 안쪽에 축적된 모든 예술과 문화에도 불구하고 대성당은 자유롭고 신성한 공간을 많이 포함하고 있다.

다른 한 곳은 시청 또는 마을 회관이다. 세비야 시청의 외관은 돋을새김과 돌림띠와 줄 장식, 메달리언,* 그리고

* 은, 청동 등의 원반 앞뒤에 부조로 초상, 명문, 신화적 주제 등을 표현한 대형 메달.

화관, 붙임 기둥, 여인상 기둥, 장식 쇠*로 빽빽하다. 그리고 내부는 천장에서 바닥까지 목각과 캐노피, 금박, 파이앙스, 치장 벽토, 그리고 모든 길드의 장인이 고안해낼 수 있는 온갖 종류의 장식품으로 뒤덮여 있다. 그건 시 행정 담당자들의 자랑하고픈 욕망을 적나라하게 드러낸다. 어떤 면에서는 하트나 다이아몬드 킹의 너그러운 위엄을 떠올리게 한다. 이 오래된 시 청사들은 언제나 자치단체의 명성과 찬란함을 강조하는 방식으로 나를 감동시킨다. 그 안에서 고대 민주주의 도시가 왕좌를 세우고, 제단이나 왕의 거처처럼 장식했다는 느낌을 받지 않을 수 없다.

현대 민주주의가 궁전을 지을 여력이 있으면 은행이나 상업적인 건물을 세울 것이다. 덜 진보적이었던 시대에는 대성당이나 시청이 그 역할을 했다.

---

* 열쇠 구멍, 문손잡이, 전기 스위치 둘레에 붙이는 납작한 쇠붙이.

알카사르 요새

밖에서 보면 그것은 홈이 파인 중세풍의 맨 석벽이다. 하지만 내부는 코란 구절로 덮여 있고, 꼭대기에서 바닥까지 동양의 모든 기괴한 마법과 주문으로 장식된 무어식 성채다. 이 《아라비안나이트》같은 성은 무어인 건축가들이 기독교 국왕을 위해 지었다는 사실을 알아야 한다. 그들이 역사소설에서 말하듯 기독교 국왕 페르디난드가 정복한 무어인의 도시 세비야에 성 클레멘트의 날이 입성했을 때가 바로 1248년이다. 그러나 그는 이 기독교적인 행위를 함에 있어 그라나다의 술탄인 이븐 알아마르의 도움을 받았다. 이로써 종교가 항상 정치와 함께했음이 명백해졌다. 그러자 기독교 국왕은 저주받은 삼십만 명의 이슬람교도를 경건하고 깨달음을 얻었다는 이유로 세비야에서 쫓아냈다. 하지만 300년 후 무어의 장인들은 기독교 국왕들과 하급 귀족들을 위해 궁전을 지었고 섬세한 장식과 쿠픽체*로 쓴 코란의 한 장으로 벽을 뒤덮었다. 이 사실은 기독교인과 무어인 사이의 오랜 투쟁에 독특한 그림자를 드리운다.

그리고 만약 내가 알카사르의 파티오와 홀과 방을 설명해야 한다면, 건축가처럼 그 일에 착수할 것이다. 무엇보다 먼저 돌과 마졸리카, 치장 벽토, 대리석, 귀중한 목재 같은 재료를 모으고, 내 문체의 재료를 혼합하기 위해

---

* 고대 아라비아 문자 서체 중 가장 오래된 서체.

가장 아름다운 단어로 가득 찬 수레를 끌고 올 것이다. 그런 다음 건축가가 하는 것처럼 맨 아래에 있는 파이앙스 바닥부터 시작할 것이다. 그 위에 가느다란 대리석 기둥을 얹고, 푹 들어간 곳과 기둥머리를 예리하게 살필 것이다. 하지만 가장 좋은 마졸리카 타일로 상감한 벽에 특별한 주의를 기울일 것이다. 치장 벽토로 만들어진 레이스 같은 작품을 뒤덮고, 전체적으로 섬세하고 광택 나는 색상을 입히고, 말굽형과 부러진 아치와 원과 타원의 고귀한 질서에 따라 창문과 아케이드와 구멍과 격자와 아치형의 쌍둥이 창문과 갤러리로 가운데를 가를 것이다. 그런 다음 이 모든 것 위에 종유석, 그물과 망, 별무늬, 소란반자,• 파이앙스, 금, 색조, 조각으로 이루어진 둥근 천장과 궁륭을 높이 아치형으로 만들 것이다. 이 모든 것을 마친 후 나의 어설픈 노력을 철저히 부끄러워할 것이다. 왜냐하면 저런 식으로 묘사될 수 없기 때문이다.

더 좋은 방법은 기하학적인 모양을 보며 현기증이 날 때까지 만화경을 돌리고 또 돌리는 것이다. 감각이 마비될 때까지 물결의 출렁임을 지켜보라. 대마초를 피워 세

• 지붕이나 처마에 사각이나 팔각 형태로 덧댄 패널.

상이 무한히 용해되는 패턴으로 변하는 것을 보라. 이에 모든 것을 취하게 하고 현혹하는 것, 오팔처럼 반짝이고 육감적인 것, 감각을 흐리게 하는 모든 것, 레이스와 브로케이드, 필리그리, 보석, 알리바바의 보물, 고귀한 직물, 종유석 돔, 꿈의 실체 같은 것을 더하라. 그리고 이 다채롭고 환상적이며 미친 듯한 배열을 통해 체계적인 정리를 해야 한다. 엄청나게 깔끔하고 우아하면서도 엄격한 배열, 조용하고 사색적인 절제, 몽환적이고 현명한 금욕을 만들어내야 한다. 이는 이런 동화 같은 보물을 거의 무형의 초현실적인 표면 위에 가볍게 펼쳐놓은 것과 같다. 이 이상한 무어인들의 작품과 비교할 때, 시각보다는 촉각에 호소하는 우리의 예술이 얼마나 물질적이고 투박하며 다루기 힘든지 모른다. 우리는 그저 우리를 기쁘게 하는 것을 움켜쥐고 만지작거린다. 우리는 소유의 제스처로 거칠고 난폭하게 그것을 쓰다듬는다. 어떤 자유로운 감각과 광대한 동양적 영성이 무어인 건축가들을 이 순수하게 시각적인 매혹과 레이스, 광택, 구멍, 만화경 같은 패턴의 꿈같고 비물질적인 건축물로 이끌었는지는 오직 하늘만이 알 것이다. 이 완전히 세속적이고 관능적이며 육감적인 예술은 실제로 물질을 억누르고 그것을 마법의 베일로 변

형했다. 인생은 꿈이다. 이러한 조건에서 라틴 농민과 로마 기독교인이 이 너무나 세련되고 장식적인 종족을 쓸어버려야 했다는 점을 깨달을 것이다. 유럽의 물질적이고 비극적인 가치관이 가장 고결한 문명 중 하나의 영성화된 쾌락주의를 압도해야만 했다.

유럽 건축물과 무어식 건축물의 차이를 간단히 말해보자면 고딕과 바로크 건축물은 서 있거나 무릎을 꿇은 관객을 위해 지어진 반면, 무어식 건축물은 등을 대고 누운 채 머리 위로 둥글게 휘어진 이 마법 같은 아치, 천장, 프리즈,* 끝없는 아라베스크 양식을 즐기려는 영적인 쾌락주의자에게 몽상적인 명상을 위한 무진장의 수단을 제공하기 위해 만들어졌다.

그리고 갑자기 이 환상적이고 섬세한 파티오들은 톱니 모양의 벽 안에 둘러싸인 채 흰 비둘기 떼의 침입을 받는다. 이때 당신은 놀랍게도 이 마법 같은 건축술의 진정한 의미를 깨닫게 된다. 바로 절대적인 서정성이다.

• 방이나 건물의 윗부분에 그림이나 조각으로 띠 모양의 장식을 한 것.

정원

알카사르의 정원은 독특한 방식으로 스페인 정원의 총체를 보여준다. 물론 다른 곳에서는 볼 수 없는 특이한 점이 몇 가지 있는데, 예를 들어 잔인한 기독교 국왕 페드로의 정부였던 도냐 마리아 데 파디야의 바뇨스, 즉 둥근 천장 욕실 같은 것들이다. 당시의 예법에 따라 궁정의 기사들이 그녀의 목욕물을 마셨다고 한다. 하지만 나는 이를 믿지 않는다. 세비야에서 물을 마시는 기사들을 거의 본적이 없기 때문이다.

이제 기억을 되살려 스페인 정원의 모습을 묘사해보겠다. 하지만 한 장의 종이에 담기는 부족해서 세 가지 부분으로 나누어 설명해보겠다.

1. 스페인 정원은 뭐니 뭐니 해도 키 큰 삼나무와 잘 다듬은 회양목, 도금양과 쥐똥나무와 월계수와 호랑가시나

무와 월귤, 인동덩굴 등 다양한 형태의 관목으로 이루어진다. 피라미드와 구 모양으로 다듬어진 이 관목들은 정원사의 손길을 통해 오솔길과 통로, 아치와 궁륭, 초록 성벽, 울타리와 경계, 산울타리, 칸막이, 미로 등으로 만들어진다. 사실상 오래되고 엄격한 정원 조경 양식의 모든 기발한 기하학적 건축물들이 만들어지는 것이다. 그리고 이 햇살 가득한 땅에서는 이것이 실제로 식물을 기르는 정원이 아니라 그늘을 만드는 정원이라는 것을 쉽게 이해할 수 있다.

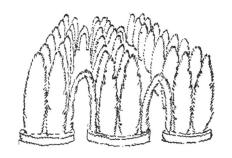

2. 둘째로, 스페인 정원은 무엇보다 석판과 벽돌, 그리고 유약 바른 타일, 마졸리카 계단, 파이앙스 울타리, 둥근 판과 의자로 이루어진다. 나아가 마졸리카 수조, 분수, 저수지, 폭포, 분사구, 물이 부드럽게 졸졸 흐르는 수로

가 있다. 파이앙스로 만든 정자, 발코니, 퍼걸러*와 난간
도 있다. 여기서 말한 마졸리카는 깔끔한 흑백 체크무늬
와 그물 무늬, 줄무늬, 갈색과 남색과 주홍색으로 장식되
어 있다. 그리고 이 파이앙스 세상은 화분으로 가득하다.
동백과 무화과와 철쭉과 어저귀와 베고니아와 콜레우스,
국화와 과꽃 등이 화분에 심겨 있다. 도기 화분은 무리 지
어 진입 도로에 잘 정렬되어 있다. 화분은 땅과 얕은 물길
의 가장자리와 테라스와 계단에도 놓여 있다.

  3. 셋째로, 스페인 정원은 무엇보다 가장 무성한 정글,
야자수, 삼나무, 플라타너스가 규칙적으로 솟아 있는 열
대 숲으로 이루어진다. 이 나무들은 부겐빌레아, 클레마
티스, 청목향, 베고니아와 얽혀 있고, 큰 잎사귀에는 여
기에서 '캄파니야'라 불리는 삼색메꽃을 닮은 꽃들이 피
어 있다. 또한 산사나무 열매 같은 꽃이 피는 줄기도 있는
데 이 역시 '캄파니야'라고 불린다. 그리고 용혈수와 대추
야자와 카마에로프스, 아카시아, 왜성대추야자도 있는데,
도무지 그 이름을 다 알아낼 방법이 없다! 그것들이 어
떤 종류의 잎사귀를 가지는지만 알 수 있어도 좋겠다. 광

• 덩굴식물이 타고 올라가도록 만든 아치형 구조물.

택이 나고 끈적끈적한 잎사귀, 타조 털처럼 흩날리는 잎
사귀, 큰 대검처럼 펼쳐진 잎사귀, 깃발처럼 펄럭이는 잎
사귀도 있다. 그리고 하와가 이 잎사귀 중 하나로 몸을 감
쌌다면 수치심을 가리기 위함이 아니라 과시와 사치를 위
해서였을 거라고 감히 말할 수 있다. 이 울창한 천국 같은
숲에는 여린 새싹이나 풀잎이 자랄 공간이 없다. 어쩌면
여기에서는 풀을 화분에만 기르는 걸지도 모른다.

　이 세 가지를 별도의 스케치로 묘사했다. 하지만 실제

로는 이 모든 것이 한곳에서 자라기에 제대로 설명하기 어렵다. 동시에 스페인 정원은 작은 파이앙스 분수, 테라스, 둥근 판, 계단으로 가득 차 있고, 화분이 어지럽게 널려 있으며, 야자수 정글과 덩굴로 뒤덮인 다듬어진 정원 양식을 나타낸다. 그리고 전체가 때로는 분수와 작은 물길로 꾸며진 조그만 한 뼘 땅에 불과할 때도 있다. 스페인 정원만큼 놀랍도록 집약되고 강렬한 것은 본 적이 없다. 영국의 공원은 경작된 풍경이다. 스페인 정원은 인공적인 낙원이다. 프랑스의 공원은 기념비적인 건축물이다. 스페인 정원은 은밀한 꿈이 담긴 곳이다. 그늘이 부드럽고, 물이 졸졸 흐르며, 시원한 마졸리카와 아찔한 향기와 열대의 잎사귀가 있는 구석진 곳에는 다른 인종, 한층 쾌락을 사랑하는 인종의 부드러운 발자국이 있다. 여기에도 무어인의 흔적이 남아 있는 것이다.

만틸라

이제부터 하는 모든 말은 세비야의 숙녀들을 기리고 찬양하기 위한 것이다. 자그마한 그들은 피부도 검고, 머리카락도 검고, 장난기 있는 눈동자도 검으며, 옷도 대개 검은 것을 입는다. 기사들의 옛 노래에 나오는 대로 손발이 작고 귀여우며, 마치 고해성사를 하러 가는 것같이 보인다. 즉 그들은 성스러우면서도 죄가 있는 듯한 모습이다. 하지만 그들에게 특별한 화려함과 품위를 부여하는 것이 있으니, 바로 페이네타다. 페이네타는 거북 등껍질로 만든 높다란 빗인데 세비야의 모든 숙녀가 이 빗으로 머리를 장식한다. 화려하고 의기양양한 이 빗은 마치 왕관이나 후광 같

다. 이 독창적인 상부 구조는 까무잡잡한 모든 여성을 키크고 당당한 숙녀로 변모시킨다. 머리에 저런 것을 얹고 있으니 당연히 자신만만하게 걸어야 하고, 머리를 성체처럼 쳐들고 오직 눈동자만 굴려야 한다. 세비야 숙녀들은 실제로 그렇게 한다.

세비야 숙녀의 두 번째이자 더 큰 영광은 만틸라다. 레이스로 만든 숄인 만틸라는 여왕의 빗 위에 걸친다. 이슬람 여성들의 베일, 참회자의 두건, 교황의 관과 정복자의 투구처럼 검거나 희다. 만틸라는 여성에게 왕관을 씌움과 동시에 얼굴을 감춰서 한층 매혹적으로 빛나게 한다. 나는 이처럼 품위 있고 섬세한 것을 입은 여성을 본 적이 없다. 이 옷은 수녀원과 하렘, 그리고 연인의 베일이 혼합된 것이다.

이제 잠시 멈춰 세비야 여인들을 찬양하려 한다. 이 까무잡잡한 여성들은 어찌나 자신감이 넘치고 민족적인 자부심이 강한지, 세계 유행의 모든 유혹에도 불구하고 의례적이고 고풍스러운 페이네타와 만틸라를 선호한다. 세비야는 결코 작은 시골 마을이 아니다. 세비야는 부유하고 활기찬 도시이며 공기마저 사랑스럽다. 세비야의 숙녀

들이 만틸라를 고수하는 것은, 첫째, 그것이 그들에게 잘 어울리고, 둘째, 그들은 고풍스러운 명성을 지닌 스페인의 미인이 되는 것을 중요하게 여기기 때문이다. 하지만 역시 가장 중요한 것은 만틸라가 그들에게 잘 어울린다는 점이다.

세비야 여성은 왕관을 쓰지 않으면 화관이라도 두른다. 귀 위의 검은 머리카락 사이로 꽃다발을 꽂거나 적어도 장미나 동백 또는 협죽도 꽃을 끼운다. 그리고 그들은 큰 장미 자수와 무거운 수술, 가슴에는 매듭이 달린 실크 숄을 어깨와 팔에 두른다. 또는 만톤 데 마닐라를 착용하는데, 이것은 장미 자수가 박혀 있고 수술이 달린 실크 망토, 숄 또는 로브다. 하지만 이것은 멋을 내 착용해야 한다. 팔과 어깨에 주름을 잡아 두른 다음 꽉 조이고, 손은 허리에 얹고, 예쁜 엉덩이를 밖으로 내밀고, 나무 굽을 딸각거리며 걷는다. 만톤을 제대로 착용하려면 무용수만큼 대단한 기술이 필요하다.

내게 가장 깊은 인상을 남긴 것은 스페인 여성이 여성의 두 가지 위대한 특권인 복종과 경의를 지키기 위해 애썼다는 점이다. 스페인 여성은 보물처럼 여겨지므로 통금 시간 이후에는 거리에서 젊은 여자를 만나기 힘들다. 심지어 매춘부조차 나이 많은 여성과 함께 다니는 것을 본 적이 있는데, 이는 분명 그들의 명예를 보호하기 위함일 것이다. 가장 먼 삼촌부터 손자에 이르기까지 가족의 모든 남성이, 말하자면 칼을 들고 자신들의 여자 형제와 여자 사촌, 다른 여성 친척들의 순결을 지켜야 하는 권리와 의무가 있다는 소리를 들은 적이 있다. 하지만 동시에 이는 여성의 특별한 존엄에 대한 대단한 존경을 보이는 것이기도 하다. 남자는 기사도와 보호자로서의 가치를 자랑스러워하고, 여성에게는 보호받는 보물이라는 명성과 위신이 부여된다. 이로써 명예와 관련해 양쪽 모두 정당한 몫을 가지게 되는 것이다.

하지만 무엇보다도 그들은 대단히 유쾌한 사람들이다. 안달루시아 스타일의 넓은 챙 모자를 쓴 청년, 만틸라를 두른 여성, 귀 뒤에 꽃다발을 꽂고 늘어진 눈꺼풀 아래로 까만 눈동자를 가진 소녀. 그들이 비둘기처럼 뽐내며 얼마나 경쾌하고 민첩하게 처신하는지, 어떻게 서로에게 교

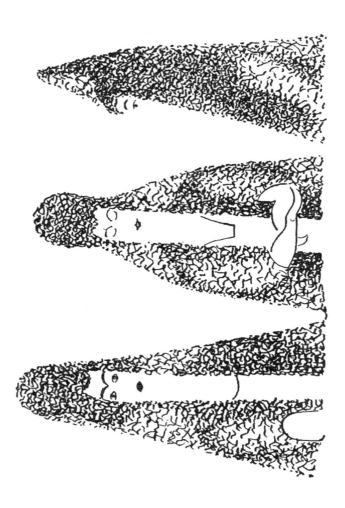

태를 부리는지, 그리고 그들의 끊임없는 구애가 얼마나 열정과 품위로 가득 차 있는지 보는 것은 정말 즐겁다! 그리고 이곳의 삶 자체는 요란하지 않게 울려 퍼진다. 스페인 전역에서 나는 단 한 번의 언쟁이나 거친 말을 듣지 못했는데, 아마도 싸움은 칼을 부르기 때문일 것이다. 이두 가지 방식 중 어느 것이 더 높은 예의범절을 보여주는지 말하지 않더라도 기분 나쁘게 생각하지 마시길.

트리아나

트리아나는 과달키비르강 건너편에 있는 세비야의 집시와 노동 계층이 사는 구역이다. 이 외에도 트리아나는 그라나다의 전형적인 노래인 그라나다나, 무르시아*의 무르시아나, 카르타헤나**의 카르타헤네라, 말라가***의 말라게냐처럼 독특한 종류의 춤이자 노래다. 브릭스턴이 자체적인 춤을 가지고, 골더스 그린이 자체적인 민족시를 가지고 있다고 상상해보라. 또는 버밍엄이 입스위치와는 전혀 다른 음악적 민속을 가지고 있고, 윈체스터가 특히 열정적이고 특이한 춤으로 유명하다고 해보자. 나는 윈체스터

---

* 스페인 남부, 세구라강 부근에 있는 상공업 도시.
** 스페인 동남부 지중해에 면한 항구도시로, 해군기지가 있다.
*** 스페인 남부, 지중해 연안에 있는 항구도시로, 온화한 날씨로 유명하다.

가 아직 그런 경지에 이르렀다고는 생각하지 않는다.

　물론 나는 트리아나의 집시들을 보러 달려갔다. 일요일 저녁이었고, 모든 길모퉁이에서 집시들이 탬버린 소리에 맞춰 춤추고 있을 거라고 기대했다. 또한 그들이 나를 자신들의 캠프로 끌고 가고, 끔찍한 일들이 내게 닥칠 거라고 예상했다. 그럼에도 어쨌든 트리아나로 갔다. 그러나 아무 일도 일어나지 않았다. 거기에 집시와 남성과 여성이 득실대지 않았다는 말은 아니다. 그들로 넘쳐났지만, 캠프는 없었다. 깨끗한 파티오가 있는 작은 오두막만 몇 채 있었고, 집시답게 아이들이 많았으며, 엄마들은 아기에게 젖을 먹이고 있었다. 짙은 남빛 머리에 붉은 꽃을 꽂고 눈이 아몬드 같은 소녀들과, 치아 사이에 장미를 문 호리호리한 집시 청년들과, 한가로운 일요일의 사람들이 현관에서 자유롭게 쉬고 있었다. 나 역시 그들 틈에서 여유를 부리면서 눈을 가늘게 뜨고 그곳의 소녀들을 흘깃거렸다. 나는 그들 대부분이 눈이 살짝 치켜 올라가고, 올리브색 피부와 고운 치아를 가진 순수하고 잘생긴 인디언 유형임을 증명할 수 있다. 게다가 그들의 엉덩이는 세비야의 소녀들보다 훨씬 유연하게 움직인다. 당신은 그것으로 충분할 것이다. 트리아나의 녹아내릴 듯한 밤에 나 역시 그것으로 충분했으니까.

그리고 작은 것에 만족하는 내게 트리아나의 지역 신은 완전한 순례 여행으로 보답해주었다. 갑자기 멀리서 캐스터네츠 소리가 들리기 시작했고, 트리아나의 좁은 거리로 소가 끄는 높은 수레가 미끄러져 들어왔다. 수레는 화환과 풍성한 튈 커튼, 캐노피와 가장자리 장식, 주름 장식

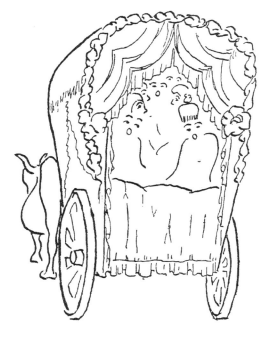

과 휘장, 베일을 비롯한 모든 장식으로 꾸며져 있었다. 멋
지고 하얀 수레 안에는 캐스터네츠를 치며 목청껏 노래를
부르는 소녀들이 가득했다. 스페인 사람들이 노래하는 것
처럼 말이다. 붉은 장식등이 켜진 이 요란한 수레는 결혼
식 침대의 묘하고 관능적인 모습을 하고 있었다고 장담한
다. 소녀들은 한 명씩 차례로 세기디야를 불렀고, 나머지
는 캐스터네츠로 박자를 맞추거나 손뼉을 치며 날카로운

소리를 냈다.

그리고 다음 모퉁이를 돌자 화려하게 차려입고 소리를 지르며 캐스터네츠를 치는 소녀들을 태운 비슷한 수레가 스쳐 지나가고 있었다. 그리고 안달루시아 솜브레로를 쓴 마부가 모는 당나귀와 노새 다섯 마리가 끄는 마차도 있었다. 그리고 말을 타고 껑충거리는 다른 기사도 있었다. 나는 구경꾼들에게 이것의 의미를 물었고, 그들은 "로메리아의 귀환이에요. 아시겠어요?"라고 설명했다. '로메리아'는 근처의 어떤 신성한 장소로 순례를 가는 일인데, 세비야 사람들, 특히 남녀 모두가 도보나 차량으로 이동하는 것이라고 설명해야겠다. 그리고 소녀들의 페티코트에는 폭이 넓은 프릴이나 그 비슷한 것들이 달려 있고, 그들은 참새처럼 재잘거린다.

그리고 캐스터네츠 소리가 들리는 가운데 즐거운 순례가 트리아나 길에서 사라지자 캐스터네츠의 지역적인 비밀이 드러났다. 나이팅게일의 노래와 귀뚜라미의 귀뚤거림과 자갈길을 밟는 당나귀의 발굽 소리가 모두 합해진 것 같다는 생각이 들었다.

투우

이 글을 쓰는 동안, 우연히 고양이가 내 무릎에 올라와서는 온 힘을 다해 골골거린다. 이제 나는 이 동물이 정말로 내 길을 막고 있고 거절을 받아들이고 있지 않지만, 그렇다고 창이나 칼로 고양이를 죽일 수는 없다는 점을 인정해야 한다. 보행 중이든 말을 타고 있든 상관없이 말이다. 그러니 비록 내가 투우장에서 황소 여섯 마리가 패배하는 것을 목격하고 일곱 번째 황소가 나올 차례가 돼서야(그것도 도덕적인 이유가 아니라 지루해져서) 자리를 떴다고 해서 나를 피에 굶주리거나 잔인한 사람으로 생각하지는 말아달라. 무엇보다 나는 투우가 따분했고 황소들은 너무 거칠었다.

투우를 보는 동안 나는 매우 복잡한 감정을 느꼈다. 잊을 수 없는 놀라운 순간이 있었고, 차라리 땅이 나를 삼켰

으면 바랐던 고통스러운 시점도 있었다. 물론 가장 멋진 광경은 투우사들이 투우장으로 엄숙하게 입장하는 모습이다. 파란 하늘 아래 노란 모래가 펼쳐져 있고, 사람으로 가득한 원형의 투우장에 트럼펫이 울리기 시작하면 화려한 옷을 입은 선두 기수가 투우장으로 말을 타고 들어온다. 그 뒤로 화려한 재킷과 금으로 장식된 망토, 챙이 위로 젖혀진 모자, 그리고 실크 니커스*를 입은 마타도르, 에스파다,** 반데리예로,*** 피카도르,**** 추로,***** 그리고 방울로 장식된 노새 네 마리가 끄는 마차들이 따른다. 그들은 당당하고 경쾌하게 자신을 표현해서, 지상의 어떤 오페라 합창단과도 비교가 되지 않는다.

하지만 그날 프로그램에는 특별한 것이 있었다. '프렌테 아 프렌테' 대결, 즉 두 명의 마타도르 참가자가 이마를 맞대고 하는 싸움이었다. 이들은 말을 타고 하는 귀족적인 투우의 오랜 전통을 이어가고 있다. 한 사람은 안달

- 무릎 바로 밑에서 조이는 헐렁한 반바지.
- •• '마타도르'와 '에스파다'는 마지막에 소를 찔러 죽이는 투우사를 말한다.
- ••• 장식이 달린 창인 '반데리야'로 소를 찌르는 투우사.
- •••• 기마 투우사.
- ••••• 소를 성나게 하는 역할을 하는 사람.

루시아 스타일로 차려입은 코르도바 출신의 조교 돈 안토니오 카네로였고, 다른 한 명은 파란색 로코코 복장을 한 포르투갈의 레호네아도르*인 주앙 브랑쿠 눈시오였다. 우선 돈 안토니오가 안달루시아 종마를 타고 투우장으로 들어서며, 기사다운 자세로 공주와 총리에게 경례한 뒤 말과 솜브레로 모자를 들어 올려 모든 사람에게 인사를 건넸다. 다음으로, 문이 활짝 열리더니 가슴과 목이 바위처럼 단단한 검은 근육 덩어리인 황소가 쏜살같이 들어왔다. 황소는 뜨거운 햇빛에 눈이 부신지 잠시 멈춰 서서 꼬리를 휘둘렀고, 경기장 한가운데에서 말을 타고 가느다란 창을 든 채 자신을 기다리는 적을 향해 유쾌하게 돌진했다. 뒤이어 벌어진 일을 차근차근 묘사하고 싶지만,

---

* 말을 타고 창으로 소에게 상처를 내는 투우사.

황소와 말, 그리고 기사의 춤을 어떤 단어로 온전히 표현할 수 있을지 모르겠다. 황소가 그곳에 서서 헐떡이는 모습은 정말 멋지다. 아스팔트처럼 윤기 나며, 용암 같은 그 동물은 그때까지 우리에 갇혀 광란의 절정에 이르도록 자극을 받아왔다. 이제 황소는 발굽을 땅에 박고, 이글거리는 눈으로 자신이 제압해야 할 상대를 찾고 있다. 그때 말이 마치 발레리나처럼 옆구리를 흔들면서 힘줄을 세워가며 우아하고 의식적으로 황소에게 다가갔다. 황소는 뿔이 땅에 닿을 정도로 머리를 낮춘 채 발사체처럼 빠른 속도와 고무 덩어리 같은 예상치 못한 탄력으로 엄청난 기세의 맹공격을 펼쳤다. 고백하건대 그 순간 내 손바닥은 공포로 축축해졌다. 마치 예전에 산을 오르다가 발이 미끄러졌을 때 같았다. 그건 한순간이었다. 두 번 도약한 뒤, 경쾌하게 춤추듯 뛰던 말은 발을 높이 들어 올리며 적당한 속도로 달리다가 황소의 마른 엉덩이 뒤쪽으로 휙 방향을 틀었다. 일제히 터져 나온 환호성이 말의 고집스러운 돌진을 막았다. 그것이 황소를 짜증 나게 만든 것 같았다. 황소는 꼬리를 휘두르며 말을 향해 전속력으로 내달렸다. 하지만 황소의 전술은 근접 공격이고, 말과 기수의 전술은 원을 그리며 회전하는 것이었다. 황소는 뿔을 앞으로 내밀고, 적을 끔찍한 일격으로 붙잡아 던질 생각으로 돌진했다. 그러나 갑자기 놀란 표정으로 멈춰 섰고, 텅 빈 경기장만 마주하게 되자 좀 어리둥절해 보였다. 하지만 황소의 전술에는 뿔로 들이받는 것뿐 아니라 비스듬하게 비틀어서 상처를 입히는 것도 있었다. 심지어 맹렬하게 돌진하다가도 때로는 갑작스럽게 옆으로 이동해서 말의 약점을 향해 다시 움직인다. 말과 기수 중에서 정확히 누가 이 까다로운 움직임을 먼저 알아챘는지는 모르겠지만 바로 다음 순간, 훌륭한 말이 4.5미터 더 떨어진 곳에서 회전했고, 나는 크게 안도하며 소리를 지르고 박수를 쳤다. 나는 말도 이 시합에 온 마음과 신경을 쏟아붓는다고 생각한다. 왜냐하면 오 분마다 레호네아도르가 장벽 뒤로 달려가 새 말을 타고 돌아오기 때문이다.

이제 이 춤은 너무나 화려하고 흥미진진해서 참가자들이 상대를 죽이기 위해 나와 있다는 사실은 거의 잊혔다. 실제로 나는 투우장에 있는 내내 그 사실을 잊었다. 물론 나는 황소가 돌진하는 동안 레호네아도르가 창으로 황소의 목을 겨누는 것을 한 번 이상 보았지만, 황소는 그저 몸을 흔들고 달려갔기 때문에 마치 노는 것처럼 보였다. 두 번째 창이 황소의 목에 꽂혀 바닥에 고정된 펜촉처럼 떨렸다. 황소는 목구멍에 파고든 것을 떼어내려고 필사의 노력을 다했다. 고개를 이리저리 흔들었고, 뒷다리로 일어섰다. 그러나 창은 튼튼한 근육 덩어리에 더 단단하게 박혔다. 황소는 자신을 파묻으려는 듯 발로 모래를 파내며 고통과 분노로 울부짖었다. 입에서 거품이 부글거렸는데 그것이 황소가 눈물을 흘리는 방식 같았다. 하지만 이제 상대 기수와 함께 있는 말은 황소의 앞에서 생기 있고 민첩하게 몸을 일으킬 수 있었다. 상처 입은 황소는 포효를 멈추고 콧김을 내뿜기 시작했으며 등을 구부리고 미친 듯이 돌진했다. 나는 으스러지고 찢긴 다리와 몸들이

투우장의 모래 위에서 엉키는 장면이 펼쳐질까 눈을 질끈 감았다. 눈을 떴을 때 황소는 고개를 들고 서 있었다. 부러진 창이 목에서 이리저리 흔들렸고, 말은 발레리나처럼 소를 향해 경쾌하게 걸었다. 축 처진 귀만이 공포를 드러냈다. 이 수망아지는 정말 용감했고, 무릎으로 말을 통제하면서 황소의 눈을 응시하는 영리한 기수의 모습은 너무나 대담하고 우아했다. 하지만 울 수는 있어도 물러설 수 없는 이 황소 역시 참으로 장엄했고 타고난 영웅 같았다. 사람은 말을 지배하고, 야망은 사람을 지배한다. 그러나 황소가 원하는 것은 오직 투우장에서 혼자가 되는 것뿐이다. '나와 세상의 모든 암소 사이에 도대체 누가 끼어드는 거지?' 자, 이제 황소는 이마를 낮추고 다시 한번 전속력으로 돌진한다. 투우장을 가로질러 경쾌하게 움직이는 단 하나의 상대를 향해 무시무시한 덩치를 내던진다. 소는 바위처럼 자신을 던진다. 하지만 발의 힘줄이 갑자기 툭 뜯어지는 순간이 있다. 소가 흔들리는 걸까? 아니, 그건 아무것도 아니다. 전속력을 다해 앞으로! 황소에게 만세 삼창을! 바로 이 순간 세 번째 창이 번개처럼 날아든다. 황소는 비틀거리다가 다시 몸을 가다듬었다. 그는 막 새로운 충돌을 위해 근육에 힘을 주려다 갑자기 되새김질하는 암소처럼 누워버렸다. 거의 평화로워 보일 정도였다. 기수는 쉬고 있는 전사 주위로 말을 몰아갔다. 이제 황소는 금방이라도 뛰어오를 것처럼 돌진하려다 이내 마음을 바꾼 것 같았다. 음, 결국 여기에서 조금 더 쉬어야 할지도 몰라. 이에 기수는 말을 돌려 박수와 함성이 쏟아지는 가운데 투우장에서 달려 나갔다. 황소는 잠시, 단지 잠시 쉬는 것처럼 머리를 땅에 댔고, 몸이 이완되었다가 다시 긴장했고, 다리는 꼴사납게 뻗어나가 거대한 검은 덩어리에서 기묘하고 부자연스럽게 돌출되었다. 사후경직이 일어났다. 반대편 문에서 방울 소리와 함께 노새 한 무리가

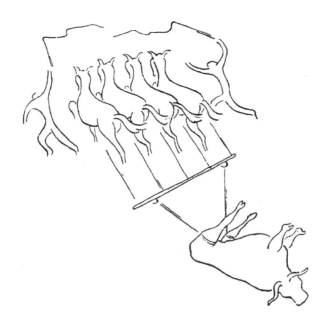

달려 들어왔다. 몇 초 후, 채찍이 획획 날리는 가운데 그
들은 황소의 사체를 투우장의 모래 위로 끌고 갔다.

음, 나는 관객으로서 받은 인상을 숨기지 않고 모두 말
했다. 웅장한가, 아니면 잔인한가? 나는 모르겠다. 내가
본 것은 무엇보다 웅장했다. 그리고 이제 와 돌이켜보면
나는 그 대담하고 고귀한 황소가 도살장에서 몽둥이로 머
리를 얻어맞고 생을 마감하는 게 이보다 나았을지 궁금하
지 않을 수 없다! 그게 강인하고 호전적인 심장에 걸맞게

싸우다 이런 식으로 죽는 것보다 인도적일까? 글쎄, 잘 모르겠다. 하지만 파란 하늘 아래 불처럼 노랗고 텅 빈 투우장을, 흥분해서 야단법석인 군중에 둘러싸인 채 바라볼 수 있어서 나는 조금 다행이라고 생각했다.

이제 푸르고 화려한 옷을 입은 포르투갈 기사가 원 안으로 성큼성큼 걸어 들어와 투우장을 빙빙 돌더니 몸을 돌린 뒤 모자를 들어 인사했다. 그의 말은 승마 학교에서 교육받은 대로 한결 경쾌하게 움직였고, 다리를 훨씬 가뿐하게 들어 올렸다. 문을 뚫고 나온 검은 황소는 심술궂고 고집 센 짐승이었다. 황소는 돌진할 준비를 하고 뿔을 내민 채 웅크리고 서 있었지만, 달려들라는 유혹에 넘어가지 않았다. 오직 떨고 있는 말이 그로부터 몇 걸음 떨어진 곳에서 절뚝거리며 제자리걸음을 하자 비로소 투석기에서 밀려 나오듯 돌진해나갔다. 그는 자신의 행동을 확신했기 때문에 말의 가슴과 부딪히겠다고 예상한 바로 그 지점에서 거의 재주넘기를 할 뻔했다. 그러나 검은 덩치가 움직이기 시작한 바로 그 순간, 기수의 무릎에 반응해서 몸을 돌리던 말은 활시위에서 팅겨 나온 화살처럼 달려 나갔고, 앞으로 쏜살같이 날아갔다가 전속력으로 달리며 방향을 틀더니, 가보트 춤 박자에 맞춰 콧김을 내뿜는 황소에게 재빨리 다가갔다. 나는 말과 기수가 그처럼 완벽하게 하나가 된 장면을 본 적이 없다. 기수는 달리거나 점프를 할 때도 안장 위에 꼼짝없이 앉아 있다가 순식간에 말의 방향을 바꿀 수 있었고, 말을 갑자기 멈추거나 뒷발로 서게 할 수 있었다. 전속력으로 달리면서 높이뛰기, 멀리뛰기를 비롯해 이름조차 알 수 없는 다른 재주를 말이 부리게 했다. 그리고 내내 그는 한 손으로 거미줄 잡듯 고삐를 가볍게 쥐고 있었고, 다른 손으로는 살인적인 창날을 숨겨 쥐고 있었다. 하지만 이 놀라운 승마 기술을 선보인 사람이 화려한 차림의 멋쟁이였고, 게다가 격분한 황소의 뿔과 맞닥뜨린 상황이었다는 점을 유념하길 바란다. 물론 이 특별한 경우에는 뿔의 날카로운 끝에 고무 마개가 씌워져 안전했다. 그리고 이 점도 기억하길 바란다. 그는 몸을 피했고, 옆으로 비켜섰다가 공격했으며, 화살처럼 달려 나갔다가 고무공처럼 되돌아왔다. 전속력으로 달리면서 창으로 황소를 스쳤고, 창대가 부러졌다. 무방비 상태로 분노한 황소가 뒤를 쫓는 가운데 그는 새 창을 구하기 위해 장벽 쪽으로 말을 몰아갔다. 그는 전속력으로 달리며 황소에게 창을 세 번 꽂았고 이제 황소를 더는 신경 쓰지 않고 투우장을 빠져나갔다. 울부짖는 황소는 검이 처리해야 했고, 마무리로 푼티예로*가 소에게 단검을 꽂아야 했다. 혐오스러운 도살 행위였다.

세 번째 황소는 두 명의 경쟁자의 손에 처리되었다. 포르투갈 기수가 첫 번째 창을 들었다. 그가 황소의 드러난 뿔 앞에서 시간을 보내는 동안 안달루시아 기수는 망아지 위에서 제자리걸음을 하며 당장이라도 싸울 준비를 하고 있었다. 그러나 세 번째 황소는 진심이었다. 호전적이고 놀랄 만큼 빠른 황소는 먼지와 모래를 뚫고 투우장으로 돌진해 들어온 순간부터 공격을 멈추지 않았다. 돌진에 돌진을 거듭했다. 황소는 말보다 빨랐고, 기수를 투우장 곳곳으로 쫓아다녔다. 그러나 갑자기 곧 합류할 것으로 예상되는 안달루시아 기수를 공격하기로 마음먹었다. 안달루시아 사람은 말을 돌려세워 도망쳤다. 황소는 고집스럽게 그를 쫓아가 따라잡았다. 이때가 바로 레호네아도르가 자신과 말을 보호하기 위해 창을 내던져 황소의 작은 게임을 중단시켜야 할 순간이다. 그러나 이번 경우에는 첫 번째 창이 포르투갈 사람의 것이었다. 안달루시아 사람은 뻗은 창을 낮췄고, 그 후 하늘만이 알 수 있을 힘

• 황소의 마지막 숨통을 끊는 투우사.

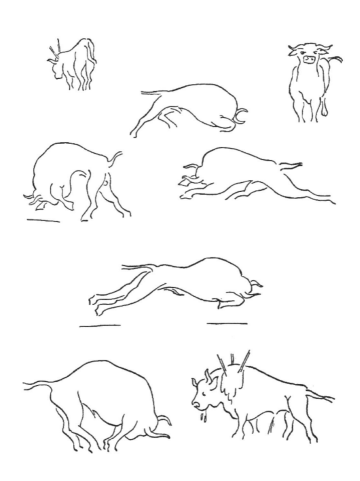

을 발휘해 말을 옆으로 끌어당겼다. 그리고 엄청난 함성과 환호를 받으며 급히 달아났다. 스페인 사람들은 그런 기량 있는 행동을 높이 산다. 포르투갈 기수가 황소를 맡아 전속력을 다해 앞으로 이끌었다. 달리면서 창으로 조준했지만, 황소가 머리를 홱 돌리자 창은 모래 위로 멀리 날아갔다. 이제 스페인 기수의 차례였다. 그는 황소에게 쫓기며 투우장 전체를 달려 황소를 지치게 했다. 그러는 사이 돈 주앙은 말을 데리고 돌아와 지켜보고 있었다. 이 황소에게는 자신만의 전략이 있어 보였다. 안달루시아 기수를 장벽까지 쫓아가 그의 왼쪽 옆구리를 공격했다. 갑자기 관중이 흥분해서 일어섰다. 이제 황소가 무방비 상태로 드러난 기수의 왼쪽 옆구리를 따라잡은 것이다. 이에 파란색 로코코 옷을 입은 신사가 황소를 향해 전속력으로 달려들었고, 말은 뒷발로 일어서며 옆으로 뛰어올랐고, 황소는 이제 움찔 물러서는 새로운 상대를 향해 고개를 돌렸지만, 바로 그 순간 안달루시아 기수는 이미 말을 돌려 버터 덩어리에 나이프를 꽂듯 황소의 목에 창을 박아 넣었다. 그러자 관중이 일어나 환호했다. 그리고 책에서조차 죽음을 가지고 장난치는 것에 조금의 매력도 느끼지 못하는 나는, 죽음이 농담도 구경거리도 아니라고 여

기는 나는 목에 무언가가 걸린 것 같았다. 물론 이는 공포의 결과였지만, 감탄도 포함하는 것이었다. 내 인생에서 처음으로 기사도 정신을 목격했다. 그 공식에 따르면 무기를 손에 들고 죽음과 마주하며 명예를 위해 목숨을 걸고 싸우는 것이다. 독자여, 나도 어쩔 수 없다. 거기에는 무언가가 있다. 위대하고 찬란한 무언가가 말이다. 그러나 세 번째 창으로도 이 놀라운 황소를 끝장낼 수 없었다. 다시 한 남자가 단검을 들고 달려와야 했고, 군중은 푸른 세비야의 안식일 속에서 깨끗하고 노란 투우장으로 몰려들었다.

일반적인 투우

투우의 두 번째 부분은 일반적인 방식으로 진행되는 싸움인데, 이는 한층 극적이며 고통스럽다. 그날은 불행한 날이었기 때문에 나는 그 투우만으로 모든 투우를 판단하고 싶지는 않다. 맨 처음 황소는 창이 꽂히자 미쳐 날뛰며 고집스럽게 공격했다. 그러나 고함치는 군중은 황소가 시작부터 지치기를 원하지 않았다. 그래서 트럼펫이 울려 퍼지고, 투우장이 비워졌으며, 금빛으로 반짝이는 팔메뇨가 황소를 찌르러 나왔다. 하지만 그 짐승은 여전히 너무 빨랐다. 첫 번째 공격에서 황소는 팔메뇨의 사타구니를 들이받았고, 그를 머리 위로 반원을 그리며 던져버렸으며, 무력해진 그의 몸을 향해 돌진했다. 이전에 격분한 황소가 던져진 망토를 찢고 짓밟는 장면을 본 적이 있다. 그 순간 심장이 한 박자 쉬는 듯했다. 바로 그 순간, 한 투우사가 망토를 들고 나타나 황소의 뿔을 향해 곧바로 돌진했고, 만틸라로 황소의 눈을 가렸다. 그런 다음 그는 공격하는 황소를 따라오게 만들었다. 그러는 동안 두 명의 추로가 불행한 팔메뇨를, 의식을 잃은 잘생긴 청년을 들어 올려 재빨리 데리고 갔다. 다음 날 신문에는 그의 부상에 대해 "예후 불확실"이라는 기사가 실렸다.

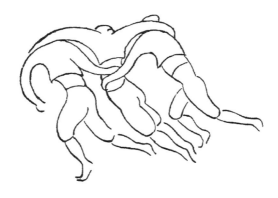

이 사건 후에 곧장 떠났다면, 내가 지금까지 목격한 일 중에서 가장 인상적인 광경 중 하나에 사로잡혔을 것이다. 신문에도 이름이 언급되지 않은 어떤 추로가 부상당한 마타도르로부터 황소를 떼어내기 위해 자신의 배를 황소의 뿔에 노출시켰다. 그는 주저하지 않고 미친 듯 공격하는 황소를 자신에게 향하게 했고, 마지막 순간에 간신히 황소를 따돌렸다. 이미 다른 투우사가 도착해 있었고, 망토로 황소를 자신에게 끌어들이고 있었기에 첫 번째 사람은 금실이 수 놓인 소매로 이마의 땀을 닦을 수 있었다. 그런 다음 화려한 옷을 입은 두 사람이 물러났고, 새로운 에스파다가 손에 검을 들고, 부상당한 최고의 투우사를 대신했다.

대체된 투우사는 길고 침울한 얼굴을 한 사람이었고, 인기가 없어 보였다. 그는 말썽꾼 황소를 맡아 처리하기 시작했다. 이 순간부터 투우는 충격적인 도살 쇼로 전락했고, 열광적인 군중은 고함과 휘파람으로 인기 없는 에스파다를 사나운 짐승의 뿔 앞으로 내몰았다. 마치 죽음이 자신을 기다리고 있다는 듯 그도 이를 악물고 따라나섰으며 불안한 손으로 황소를 찔렀다. 황소는 상처에 박혀 이리저리 흔들리던 검을 달고 가버렸다. 못마땅해하는 외침이 새삼 터져 나왔고, 투우사들은 망토로 황소를 괴롭히려고 달려들었다. 군중은 사나운 외침으로 그들을 부추겼다. 무슨 일이 있어도 황소가 기사도 정신으로 죽기를 간절히 바라고 있던 것이다. 창백한 마타도르는 게임의 규칙에 따라 검과 곤봉으로 황소를 죽이기 위해 다시한번 출발했다. 그러나 황소는 한 치도 움직이지 않고, 머

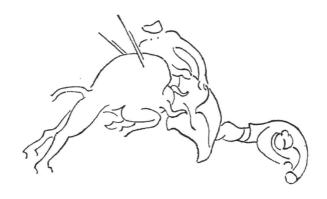

리를 높이 쳐들고 가만히 서 있었는데, 목에 창이 박혀 있어서 피의 망토를 두른 것 같았다. 에스파다는 검 끝으로 황소의 머리를 낮추어 어깨를 찌를 수 있게 했지만, 황소는 암소처럼 울부짖으며 서 있었다. 투우사들은 황소의 목에 박힌 반데리야 위로 망토를 던졌는데, 새로운 고통이 황소를 우울한 고집에서 벗어나게 하리라 생각했기 때문이다. 그러나 황소는 고통으로 포효하며 오줌을 쌌고, 마치 땅속에 숨고 싶은 것처럼 발을 긁어댔다. 마침내 마타도르가 황소의 머리를 땅으로 낮춰 움직이지 못하게 하고는 검으로 찔렀다. 그러나 이 상처조차도 황소를 끝장내지는 못했다. 푼티예로 또한 족제비처럼 황소의 목덜미로 몸을 내던져야 했고, 단검으로 황소를 찔렀다. 이만 명 관중이 미친 듯 웃으며 소리치는 가운데, 금빛으로 반

짝이는 호리호리한 마타도르는 전통에 따라 소의 검은 털 한 움큼을 목덜미에 달고 떠났다.* 그의 쑥 들어간 눈은 땅을 응시하고 있었다. 장벽을 지날 때 아무도 그의 손을

* 마타도르가 뛰어난 용맹과 기술을 보여주었다고 판단되면, 심판은 마타도르 에게 황소의 귀와 꼬리뿐만 아니라 목덜미의 털 한 움큼을 상으로 수여한다.

잡아주지 않았고, 이 불운한 사내는 세 마리의 황소를 더 상대해야 했다.

그리고 다시 한번 투우는 매력적인 꿈처럼 모든 눈부신 아름다움과 공포를 펼쳐 보인다. 투우사들은 다시 금빛 망토와 재킷을 휘날리고, 금으로 차려입은 피카도르들은 눈가리개를 한 비참한 말을 타고 입장해서 황소를 기다려야 하는 자리에 선다. 그동안 황소는 투우사들의 망토와 그들의 재주넘기를 피하느라 정신이 없다. 투우사들은 황소를 부추겨 피카도르와 맞서게 한다. 피카도르는 긴 창을 뻗고 있고, 눈가리개를 한 말은 무서움에 떨며, 아직 그럴 수 있다면 뒷발로 서고 싶어 한다. 특별한 황소는 전혀 주저하지 않았고, 열정적으로 피카도르를 향해 곧장 돌진했다. 황소는 창에 목덜미를 부딪쳤는데, 기사가 안장에서 떨어지지 않은 것이 놀라웠다. 하지만 황소는 그저 몸을 떨며 다시 전속력으로 달려갔고, 골격이 드러난 늙은 말과 기수를 여전히 뿔에 건 채 장벽 판자 위로 내동댕이쳤다. 요즘에는 독재자의 명에 따라 피카도르가 타는 말의 배와 가슴을 매트리스로 덮어야 한다. 그래서 황소가 보통 말을 넘어뜨리고 때려눕히기는 하지만, 예전처럼 말의 옆구리를 찢어놓는 일은 거의 없다. 그럼에도 피카

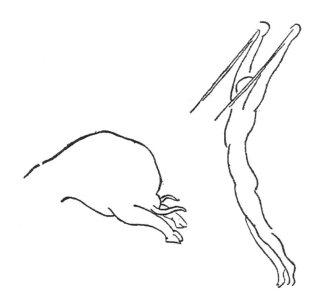

도르와의 막간극은 잔인하고 어리석다. 알다시피 그 늙고 쇠약한 거세마가 경련하며 몸부림치는 모습을 지켜보는 것도, 황소의 엄청난 공격에 굴복시키기 위해 말을 끌고 가는 것도, 그리고 다시 경기장 위에 세워 소의 뿔에 맞서 도록 몰아붙이는 것도 적절해 보이지 않는다. 이 두 명의 피카도르는 뭉툭한 창으로 소에게 세 군데의 깊은 상처를 입혀 피를 흘리게 하고 '혼쭐이 나게' 해야 하기 때문이다. 싸움 자체는 멋진 구경거리일 수 있다. 그러나 독자여, 짐승과 인간 모두의 공포는 끔찍하고 비열한 광경이다. 그리고 말과 기수와 창이 엉망진창으로 뒤엉켜 있을 때, 투우사들은 망토를 들고 뛰어 들어와 콧김을 내뿜는 황소를 끌고 간다. 황소는 언제나 어깨 사이에 추한 상처를 대가로 치르며 이 첫 번째 접전에서 승리한다.

그런 다음 피카도르들은 빠른 걸음으로 떠나고, 황소는 망토의 붉은 안감에 격분한다. 반데리예로들이 투우장에 종종걸음으로 들어온다. 그들은 다른 이들보다 화려하게 차려입고, 손에는 종이 프릴과 리본으로 장식된 긴 나무 다트나 창을 들고 있다. 그들은 황소 앞에서 가볍게 걸으며 소에게 욕을 하고, 팔을 흔들며, 황소를 향해 돌진해서는 고개를 숙이고 목을 뻗은 채 맹목적인 공격을 유도한다. 황소가 돌진하는 순간, 반데리예로는 발끝으로 서서 등을 활처럼 구부리고 손에 든 반데리야를 높이 들어 목표를 정조준한 채 기다린다. 성난 짐승을 마주한 한 사내의 이 편안하고 우아한 자세에는 극도로 멋진 무언가가 있다. 그 최후의 순간, 두 개의 반데리야가 번개처럼 날아가고, 반데리예로는 옆으로 뛰어서 총총걸음으로 떠나고, 황소는 목에서 이리저리 흔들리는 두 개의 다트를 떨쳐내려고 기이한 방식으로 뛰어다닌다. 잠시 후 리본이 달린 또 한 쌍의 반데리야가 꽂히고, 민첩한 반데리예로는 장

벽을 풀쩍 뛰어넘어 목숨을 구한다. 이쯤이면 황소는 피를 엄청나게 많이 흘렸고, 황소의 굵은 목은 피범벅이 되어 있다. 반데리야가 박힌 황소는 '성모의 일곱 가지 고통'을 떠올리게 한다.

그리고 다시 한번 추로들이 달려와 황소를 화나게 하고, 동시에 자신들의 망토로 황소를 지치게 만든다. 황소가 활력을 잃지 않도록 해야 하기 때문이다. 그들은 황소 앞에서 망토의 빨간 안감을 흔들고, 황소는 망토의 넓은 면을 향해 맹목적으로 돌진했으며, 투우사는 단 한 걸음 차이로 간신히 뿔을 피했다. 그러나 황소는 관중을 즐겁게 하려고 노력했다. 황소가 너무나 빠르고 공격적으로 투우사들에게 돌진했기 때문에 그들 모두 벼룩처럼 민첩하게 장벽을 뛰어넘었다. 이에 황소는 그저 꼬리를 휘둘렀고, 한 번의 도약으로 그들을 따라 장벽을 뛰어넘어 장벽과 관중 사이의 좁은 통로로 그들을 추격했다. 투우를 진행하는 모든 사람은 목숨을 구하려고 투우장으로 황급히 달아났다. 황소는 의기양양하게 통로를 걸어갔고, 꼬리를 자랑스럽게 휘두르며 투우장으로 돌아왔다. 그리고 한 번 더 돌진해서 모든 살아 있는 영혼을 장벽 너머로 내던졌다. 이제 황소는 투우장의 유일한 주인이었고, 그 사

실을 깨달은 것 같았다. 그는 마치 온 원형경기장이 자신에게 박수갈채를 보내라고 짜증스럽게 재촉하는 듯했다. 다시 한번 추로들이 뛰쳐나와 황소를 놀리려 했다. 군중은 함성을 질렀다. 그들은 그 장엄한 힘을 지닌 짐승에게 에스파다를 던지고 싶어 했다. 금빛으로 반짝이는 에스파다는 움푹 파인 눈과 꽉 다문 입술로 총리 전용석 앞에 서 있었는데, 왼손에는 붉은 물레타*를, 오른손에는 축 늘어진 검을 들고 있었다. 그는 무슨 일이 일어나든 상관하지 않았다. 그는 총리가 신호를 주기를 기다렸지만, 총리는 망설였다. 투우사들은 뿔 끝으로 자신들을 쫓는 황소 주위를 펄쩍펄쩍 뛰어다녔다. 서슬이 퍼레진 관중은 일어나서 소리를 질렀다. 기다리던 에스파다가 뒤통수에 검은 털 뭉치를 매단 채 고개를 숙였고, 총리는 고개를 끄덕였다. 그러자 트럼펫 소리가 다시 울려 퍼졌고, 투우장은 순식간에 비워졌으며, 검을 높이 든 에스파다는 미동도 없는 표정으로 황소에게 죽음을 경고했다. 그런 다음 홀로 물레

• 투우사가 사용하는 막대에 매단 붉은 천.

타를 흔들며 황소와 맞서기 위해 투우장으로 들어갔다.

이 투우는 좋지 않은 경기였다. 에스파다는 필사적으로 용기 있게 목숨을 걸었지만 황소는 그에게 공격의 기회를 주지 않았고, 모래 위로 쫓아다니며 뿔로 그의 물레타를 빼앗아 갔고, 그런 다음 무방비 상태의 마타도르를 괴롭혔다. 마타도르는 장벽을 넘어가 목숨을 구했지만 그 과정에서 검을 잃어버렸다. 때로는 이 인간과 동물의 대결이 장엄하다. 에스파다는 물레타를 앞에 들고 동물을 유인하려 한다. 황소는 붉은 천을 향해 돌진하고, 사람은 옆으로 빠지며 퀭한 눈으로 황소의 목에서 무기를 박아 넣을 지점을 찾는다. 이 모든 것은 순식간에 이루어진다. 그리고 다시 한번 공격과 눈속임, 그리고 빗나간 일격이 이어진다. 황소와 사람 간의 이 결투는 신경에 엄청난 압박을 주어서 금세 어지러움을 느끼게 된다. 여러 번 추로들이 뛰쳐나와 기진맥진한 에스파다를 도우려 하지만, 대중은 고함을 지르며 그들을 부추긴다. 그러면 에스파다는 희미하게 어깨를 으쓱하고는 다시 한번 황소를 상대한다. 그는 멋지게 황소와 마주 섰지만, 찌르기는 실패했다. 다섯 번째 검을 사용할 때까지 황소는 쓰러지지 않았다. 정말 끔찍한 광경이었다. 에스파다가 떠날 때 그는 마치 누군가에게 심하게 두들겨 맞은 것처럼 보였고, 온 원형경기장이 그에게 야유를 보냈다. 나는 마지막 숨을 몰아쉬는 황소보다 그가 더 고통스럽고 불쌍해 보였다.

여섯 번째 황소는 다리가 약한 거대한 흰색 동물이었고, 암소만큼도 싸울 기력이 없었다. 그들이 황소를 거의 떠밀어내고서야 황소는 비틀거리며 피카도르의 말을 향해 돌진했다. 투우사들은 망토로 황소의 뿔을 이끌어 어떻게든 저항하도록 만들었다. 그리고 반데리예로들은 미친 듯이 황소의 앞에서 뛰어다니며 팔을 흔들고 욕을 하고 조롱해서 어설픈 공격을 하도록 부추겼다. 군중은 분노로 울부짖었다. 그들은 황소가 싸우기를 원했고, 피투성이가 되어 울부짖는 동물에게 한층 심한 고문이 가해졌다. 나는 떠나고 싶었지만 사람들이 일어서서 주먹을 흔들며 시끄럽게 떠들어대는 통에 빠져나갈 기회를 놓쳤다. 결국 나는 눈을 가리고 상황이 멈추기를 기다렸다. 무한히 긴 시간이 지난 것 같을 때 눈을 떴지만 황소는 여전히 살아서 휘청거리는 다리로 비틀거렸다.

일곱 번째 소가 나타나고 나서야 나는 겨우 밖으로 빠져나갈 수 있었다. 세비야의 거리를 거닐면서 이상한 수치심을 느꼈고, 그것이 나의 무감각 때문인지 나약함 때

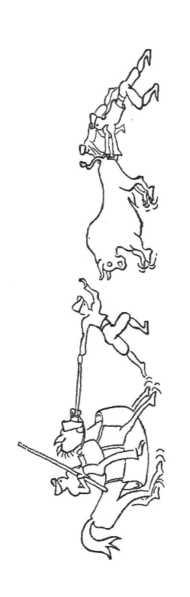

문인지는 알 수 없었다. 투우장에서 어떤 특별한 순간에 나는 그게 너무 잔인한 일이라고 항의하기 시작했다. 내 옆에는 세비야에 정착한 네덜란드 기술자가 앉아 있었는데, 내 항의에 놀라는 눈치였다. "저는 이번이 아홉 번째 투우예요. 하지만 잔인해 보인 건 첫 번째 경기뿐이었습니다." 어느 스페인 사람은 내 기분을 달래려는 듯 이렇게 말했다. "이번 투우는 형편없었어요. 하지만 좋은 투우는 볼만하니 꼭 보세요." 그럴지도 모른다. 하지만 그 호리호리한, 화려하게 차려입은, 소몰이꾼 같은 얼굴을 하고 슬픔에 잠긴, 눈이 움푹 꺼진 그 사람보다 가슴 아픈 인물은 없어 보였다. 그의 어깨에는 이만 명의 분노가 쌓여 있었다. 내가 스페인어를 충분히 알았더라면, 그에게 다가가 말했을 것이다. '이봐요, 때때로 우리에게도 잘못된 일이 생길 때가 있어요. 하지만 대중의 호의에 의존하는 사람의 빵은 쓴 법이지요.'

그리고 생각했다. 나는 스페인에서 말이나 노새에게 채찍이 가해지는 광경을 실제로는 본 적이 없다. 거리의 개와 고양이는 믿음직하고 다정해서 잘 대우받는다는 느낌이 들었다. 스페인 사람들은 동물에게 잔인하지 않다. 투우는 인간과 짐승 사이의 싸움으로 태곳적부터 있어왔

다. 그것은 싸움의 모든 아름다움을 간직하고 있지만, 고통 또한 가지고 있다. 아마도 스페인 사람들은 이 아름다움과 투쟁을 너무나 완벽한 관점으로 볼 수 있기에 거기에 동반되는 잔인함을 보지 못하는 것 같다. 그것은 분명 눈으로 즐길 수 있는 것과, 탁월한 민첩성의 묘기와, 많은 위험과 멋진 용기를 제공하지만 내게 다음 투우는 없을지 모른다.

그러나 지금 내 마음속 유혹의 목소리는 이렇게 덧붙인다. 챔피언 에스파다가 참가한다면 생각이 달라질 수도 있다고.

플라멩코

'플라멩코'는 플라망어*와 관련이 있지만 흥미롭게도 플라멩코에는 플라망스러운 것이 전혀 없다. 오히려 플라멩코는 집시와 무어인, 동양과 나이트클럽이 동등한 비율로 섞인 인상을 준다. 왜 플라멩코라고 부르는지 아무도 설명해주지 못했지만, 북부 스페인 사람들은 정확히 그 동양적인 느낌 때문에 플라멩코를 다소 싫어한다고 한다. 플라멩코는 노래하고 춤추고 기타를 연주하고, 손뼉을 치고 캐스터네츠를 부딪치고 발뒤꿈치를 딱딱거리며, 그 위에는 외침이 더해진다. 플라멩코는 자정부터 야간 유흥업소에서 재주를 부리는 가수와 무용수, 발레리나, 그리고 기타 연주자까지를 의미한다. 이 대중적인 노래꾼들은 카

* 벨기에 북부 지역에서 사용되는 네덜란드어.

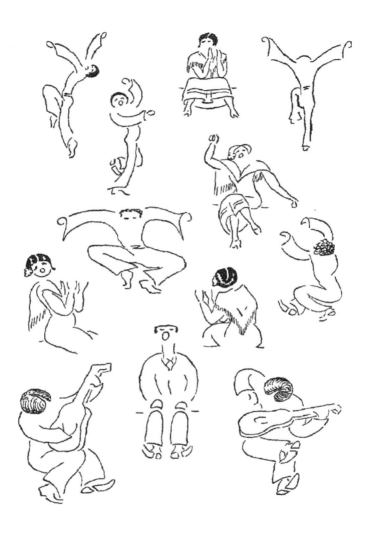

디스* 호세, 말라가 절름발이, 발렌시아** 들창코, 우트레라*** 한량 같은 이름을 가지고 있다. 그들은 종종 집시이고 그들의 명성은 트릴****을 구사하는 능력에 따라 그들이 사는 곳의 경계를 넘어 활동 범위를 확장한다. 이 모든 요소를 어떤 식으로 설명해야 할지 몰라 알파벳순으로 해보겠다.

좋았어(Alza): 올레! 호셀리토! 훌륭해! 정말 훌륭해!

춤추다(Bailar): 안달루시아 춤은 대부분 솔로 댄스다. 기

- • 스페인 남쪽, 대서양 기슭에 있는 항구도시.
- •• 스페인 동부 발렌시아주의 주도.
- ••• 스페인 서부 세비야주의 작은 도시.
- •••• 높고 짧게 떨리는 목소리.

154

타는 불규칙하고 짜릿한 전주곡을 연주하고, 앉아 있는 무리는 몸을 움직이기 시작하며, 발로 박자를 맞추고, 손뼉을 치며, 캐스터네츠를 흔들기 시작한다. 갑자기 그중 한 명이 일어나 팔을 공중으로 치켜들고 다리를 이리저리 움직여가며 격렬한 춤을 추기 시작한다. 하일랜드 플링*과 케이크워크,** 탱고, 고파크,*** 아파슈 당스,**** 광란의 발작, 노골적인 음탕함과 다른 열광적인 동작들을 취하라. 그것들을 하얗게 불태우듯 열정을 끌어올리고, 캐스터네츠를 치면서 외쳐보라. 그러면 그 혼합체가 플라멩코 춤이 돌듯 회전하기 시작할 것이다. 멜로디와 춤 사이에 열정적인 휴지기가 있고, 귀청을 찢을 듯한 캐스터네츠의 리드미컬한 소음이 있다. 북유럽 춤과 달리 스페인 춤은 발뿐만 아니라 전신을 흔들어대는데, 특히 손으로 캐스터네츠를 치켜들고 팔을 휘젓는다. 동시에 발은 바닥

- 한 사람이 추는 아주 빠른 스코틀랜드 춤.
- 19세기 말 미국 남부의 흑인 노예 사이에서 탄생한 춤으로, 댄스 경연이 끝난 후 승리한 커플에게 케이크가 수여된다.
- 우크라이나의 민속무용.
- 20세기 초반 파리의 하층사회에서 인기를 끈 춤으로, 퇴폐적이고 난폭한 것이 특징이다.

을 세게 굴러 박자를 더하며 춤사위를 펼친다. 발은 단지 춤의 반주 역할을 한다고 볼 수 있다. 춤은 옆구리와 팔, 그리고 곡선을 이루며 흔들리는 몸통이 담당하며, 몸통은 캐스터네츠와 굽의 거친 소음 속에서 물결치듯 움직인다. 스페인 춤은 현악기, 캐스터네츠, 탬버린, 그리고 발꿈치의 날카롭고 타악기적인 리듬과, 춤추는 몸의 부드럽고 유연한 곡선의 신비하고 효과적인 관현악적 상호작용이다. 음악과 고함 및 박수를 포함한 모든 부수적인 것이 소용돌이치는 템포를 만들어내는데, 그 템포는 심장박동처럼 거칠게 증가하거나 느슨해진다. 하지만 음악에 맞춰 춤추는 몸은 스릴 넘치며 열정적이고, 유동적인 솔로 바이올린 멜로디를 연주한다. 그 선율은 춤에 수반되는 소음의 고동치는 리듬에 따라 폭풍처럼 휩쓸리면서 기뻐하고 유혹하고 한탄한다.

건배(Brindar): 기타는 현을 두 동강 내듯 귀청을 찢는 음을 쏟아내고, 구경꾼은 소리치기 시작하며 춤추는 사람에게 잔을 건네 건배를 청한다.

노래하다(Cantar): 플라멩코 노래가 불리는 방식은 이러하다. '니뇨 데 우트레라' 같은 이름의 가수가 기타 연주자 사이에 앉는다. 연주자들은 피치카토˙ 소용돌이와 쉼표, 단절이 있는 소란스러운 전주곡을 연주한다. 이에 맞춰 가수는 눈을 반쯤 감고, 고개를 뒤로 젖히고, 손을 무릎에 올린 채 카나리아처럼 지저귀기 시작한다. 그렇다. 그는 새처럼 치명적이다. 목을 가다듬어 길고 우렁찬 외침을 토해낸다. 소리는 점점 커지고 무시무시할 정도로 강렬하게 지속되는데, 마치 한 호흡으로 얼마나 오래 버틸 수 있는지 내기라도 하는 것 같다. 갑자기 뻗어나가는

˙ 바이올린 등의 현을 손끝으로 퉁겨서 연주하는 것.

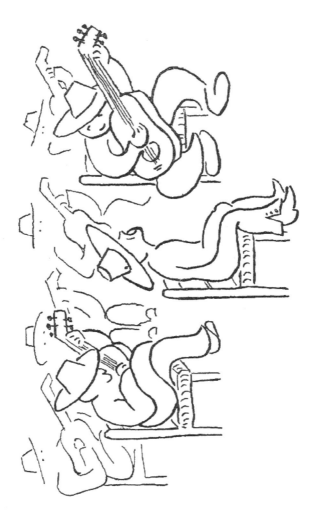

목소리가 긴 트릴로 떨리기 시작하다가 길고 날카로운 콜로라투라*로 변해 자신만의 멜로디를 즐기며 연주하고, 떨리는 물결을 만들어내고, 기묘하고 우아하게 곡선을 그리며, 갑자기 가라앉아 죽어버리듯 사라지자 기타가 활기찬 스트로크로 함께 울리기 시작한다. 그리고 이 육체적이고 날카로우며 수사학적인 목소리가 기타 연주에 합류해 뒤섞인다. 이 목소리는 괴로움 혹은 다른 어떤 것을 열정적인 레치타티보**로 비통하게 호소하며, 기타 리듬의 갑작스러운 박자에서 벗어나 침착하고 취한 듯 풀려나온다. 그리고 한 번 숨을 들이마시더니 긴 파도가 치는 듯한 성악적 아라베스크로 휘어지며 결국 기타 반주 소리 사이로 사그라든다. 마치 공중에서 빛나는 물결과 8 자 모양을 그리는 반짝이고 유연한 칼날 같다. 또한 무에진***의 부름과 횃대에서 지저귀는 카나리아의 매혹적인 음조와 같다. 그것은 황야의 만가이자 동시에 경이로운 전문적 기교의 표본이다. 자연스러운 열정, 집시의 마술, 어느 정도

- 기교적으로 장식된 선율을 이르는 말.
- 오페라나 종교극 따위에서 대사를 말하듯이 노래하는 형식.
- 보통 이슬람교 사원의 탑에서 기도 시각을 알리는 사람.

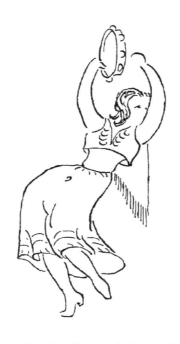

무어식 기교와 억제되지 않은 솔직함을 포함한다. 베네치
아 곤돌라 사공과 나폴리 협잡꾼의 달콤한 목소리와 구애
의 말과는 전혀 다르다. 스페인에서는 거칠고 광적으로,
목청껏 소리 지른다. 노래는 일반적으로 사랑의 비통함,
조롱, 질투, 그리고 복수로 채워진다. 그것들은 4행으로
된 풍자시 같은 것으로, 음악에 맞춰 느리게 풀리고 지속
되는 트릴의 물결로 길게 연장된다. 그것이 바로 그들이
세기디야를 부르는 방식이다. 그뿐만 아니라 말라게냐,

그라나디나, 타란타스,* 솔레아레스,** 비달리타,*** 불레
리아스,**** 그리고 형식보다는 내용 면에서 서로 다른 유
형의 노래도 마찬가지로 그렇게 부른다. 사실 세비야의

- 안달루시아 알메리아 지방의 민요.
- ** 안달루시아 지방의 민요와 무도. '솔레아'라고도 하는데, 이는 스페인어
   로 '고독'을 뜻한다.
- *** 아르헨티나의 춤과 음악에 기반을 둔 예술형식.
- **** 안달루시아의 민속음악이자 플라멩코의 한 형식.

부활절 전주 행렬에서 불리는 사에타[*]조차도 연정 어린 세기디야와 같은 격정적이고 열정적인 플라멩코 스타일을 띠고 있다.

캐스터네츠(Castañuelas): 딱딱거리는 소리와 북소리, 높고 짧게 떨리는 소리, 달콤한 속삭임과 지저귐을 내는 악기일 뿐 아니라(경험상 단순히 리듬감 있게 딱딱거리는 것조차 매우 어렵다), 특히 춤을 추는 도구이기도 하다. 캐스터네츠는 춤의 회전을 손가락으로 전달하고, 마치 케틀드럼[**]처럼 팔을 크게 휘둘러 머리 위로 올리는 스페인 춤의 훌륭한 기본 동작을 이룬다. 실제 캐스터네츠 소리는 북소리의 리듬에 대한 광적인 갈망과 함께 가장 어두운 아프리카를 떠올리게 한다. 그 소용돌이치는 춤 중 하나에서 귀를 찢을 듯한 캐스터네츠 소리가 날카롭고 도발적인 외침과 리드미컬한 박수 소리에 섞여 들릴 때, 친애하는 독자여, 그 소리에 너무 흥분해서 나도 모르게 튀어 올라 격렬하게 춤을 출 뻔했다. 발과 머리에 미치는 캐스터네츠

- 안달루시아 지방의 성주간 행렬에서 불리는 노래.
- 반구형의 큰북. 몸체 둘레의 나사로 음률을 조절하는데, 음률이 서로 다른 케틀드럼 한 세트를 보통 '팀파니'라고 부른다.

의 영향은 가히 폭발적이다.

집시 소녀들(Cikánky): 그들 대부분은 트리아나 출신이다. 춤을 출 때 그들은 긴 스목 드레스*를 입는데 옛날에는 그것을 벗어 던지곤 했다. 그들이 추는 춤은 본질적으로 캉캉인데, 다리를 벌리고 몸을 땅에 닿을 듯 젖힌다. 음악은 열광적으로 춤추는 사람을 점점 더 채찍질하고, 밖으로 드러난 배는 더욱더 격렬하게 소용돌이치며, 배꼽과 엉덩이는 회전하고, 손은 뱀처럼 뒤틀리고, 발뒤꿈치는 도전적으로 내리 찍힌다. 집시 소녀는 무자비한 폭도의 손아귀에서 몸부림치듯 몸을 숙이다가 비명을 지르며 황홀경에 사로잡힌 듯 땅으로 쓰러진다. 이는 거칠고 격렬한 춤이다. 그 안에서 성은 공격을 개시하고, 기어 들어가고, 밀어붙이고, 받아넘긴다. 그것은 마치 무시무시한 종파의 남근숭배 장면 같다.

어린이들(Děti): 세비야 거리에서 그들은 한 손을 머리 위로, 다른 한 손을 옆구리에 댄 채 움직임을 더 자유롭게 하기 위해 옷을 들어 올리고 사랑스럽게 춤을 춘다. 거만

---

* 가슴 부분에 가로 절개선을 넣은 여성용 원피스. 절개선 아래로 주름을 잡아 외형이 풍성하다.

하게 어깨를 으쓱거리는 건방진 춤이기도 하지만, 얌전한 춤이기도 하다. 소녀들이 무리 지어 춤을 추는데, 발레리나 인형 같은 앙증맞은 모습으로 자그마한 발꿈치를 구르며 어른 무용수의 열정적이고 공격적인 춤사위를 흉내 낸다.

에로틱한 요소(Erotika španělských): 스페인 춤은 애무부터 오르가슴에 이르는 온갖 관능적 감정을 포괄한다. 하지만 항상 가장 품위 있는 교회 춤에서도 관능적 요소는 약간 도발적이다. 그것은 탱고에서 보이는 종류가 아니라 흥분시키고, 움츠러들게 하고, 유혹하고, 도전하고, 위협하며 약간 조롱하는 식이다. 악마적이고 애정이 가득한 춤인 동시에 자부심이라는 강철 같은 원동력도 갖추고 있다.

판당고(Fandango): 긴 꼬리가 달린 드레스를 입고 추는 춤으로, 긴 꼬리 옷을 입고 빙빙 돌고, 우아하게 발을 옆으로 차고, 팽이처럼 돌면서 발꿈치를 구르는 등 엄청난 기술을 요하며, 아주 보기에 좋다. 이 춤은 풍성한 주름 장식과 레이스로 된 페티코트 속치마에서 기적적으로 솟아오른다.

히타노 집시족(Gitanos): 그들은 짝을 지어 유혹과 도전, 구애와 잔인함의 성적인 팬터마임을 펼친다. 그들은 남자

와 여자의 전통적인 듀엣 댄스를 추는데, 이렇게 말해도 될지 모르지만, 그 안에서 여자는 매춘부고 남자는 여자를 땅바닥에 끌고 다니는 폭도다. 하지만 혼자 춤을 출 때의 집시는 모든 가식적인 몸짓을 내려놓는다. 그때의 춤은 움직임의 단순한 광란이 된다. 껑충껑충 뛰고 쭈그리고, 치솟는 제스처와 미친 듯한 발 굴림이 된다. 그것은 해방된 불길 그 자체를 표현하는 진정한 춤이다.

기타(Guitarra): 기타가 내는 소리는 우리의 상상과는 전혀 다르다. 그것은 절단기처럼 금속성을 내고, 도전적이

고 거칠게 딸각거린다. 기타는 으르렁거리지도 흥얼거리
지도 구슬피 울부짖지도 속삭이지도 않지만, 활시위처럼
팅팅 울리고 팀파니처럼 우르릉거리고 함석판처럼 덜거
덕거린다. 기타는 산적처럼 생긴 사내들이 연주하는 남성
적이고 거친 악기로, 연주자는 손가락을 간결하고 거칠게
움직여 현을 팅긴다.

딸(Hija): 올레, 딸이다!

작은 여자아이(Chiquita): 좋아! 아주 좋아! 작고 예쁜 여자아이야!

호타(Jota): 아라곤˙의 호타는 춤이자 노래다. 갑자기 몰아치다가 느려지는 무겁고 이국적이며 거친 리듬의 노래로, 매우 무어적이지만 플라멩코를 구별 짓는 화려함은 없다. 각 절은 갑자기 길게 늘어지는 애가로 전환된다. 또한 호타는 매우 매력적인 춤으로, 경쾌하게 질주하는 리듬이 완만하게 느려지는 단순한 노래에서 불쑥 솟구쳐 나온다.

매우(Muy): 좋아, 얘야! 한 번 더, 한 번 더!

올레(Ole): 소녀야, 그래!

팔모테오(Palmoteo): 또는 손뼉치기다. 무리 중 한 명이 춤을 추는 동안 나머지 사람들은 둘러앉아 손뼉을 치며 박자를 맞춘다. 마치 폭포처럼 쏟아지는 기타 리듬의 소용돌이에 저항할 수 없다는 듯 말이다. 그리고 그들은 고함을 친다. 그리고 기타 연주자들은 의자에 앉아 앞뒤로 흔들거리며 발을 구르고 소리를 지른다. 그리고 이 모든 것 위에 캐스터네츠가 있다.

• 스페인 동북부의 지방으로, 1035년에 독립해 사라고사에 수도를 세운 왕국이었으나 1516년에 스페인에 편입되었다.

론다야(Rondalla): 배가 통통한 아라곤 지방의 만돌린으로, 멜로디 좋은 금속성 소리를 만들어내며 호타의 곡조와 조화를 이룬다.

우(U): 우는 발렌시아의 노래로, 트럼펫 소리와 캐스터네츠의 열광적인 소용돌이 속에서 가수가 황홀경에 빠져 지르는 비명 같다. 나는 길고 소름 끼칠 정도로 긴장감 넘치는 울부짖음 같은 이러한 무어인의 외침은 들어본 적이 없다.

사파테아르(Zapatear): 리드미컬하고 열정적으로 발을 구르는 것.

보데가*

스페인은 오래되고 존경받는 다른 모든 국가와 마찬가지로 지역마다 특성을 유지한다. 발렌시아와 아스투리아스,** 아라곤과 에스트레마두라*** 사이에는 무수한 차이가 있다. 심지어 자연도 이와 관련된 지역적 애국주의와 연관되어 있으며 지역마다 다른 종류의 와인을 생산한다. 카스티야 와인은 용기를 고취하고, 그라나다 와인은 슬픔과 광기를 불러일으키며, 안달루시아 와인은 기쁨과 쾌활함을 유발한다는 점을 알아야 한다. 리오하의 와인은 기분을 상쾌하게 하고, 카탈루냐의 와인은 혀를 능수능란하

---

* '와인 저장고'라는 뜻의 스페인어.
** 중세에 이슬람에 점령당하지 않고 기독교 왕국을 존속한 스페인 북서부의 지방.
*** 포르투갈과 인접한 스페인 남서부 지역.

게 만들며, 발렌시아의 와인은 가슴 깊이 스며든다.

또한 양조장에서 직접 마시는 셰리는 우리가 보통 마시는 달콤한 셰리와는 다르다. 그것은 색깔이 밝고, 쓴맛이 강하며, 기름처럼 부드럽다. 그래도 술이 오르는 까닭은 해안 지역의 와인이기 때문이다. 갈색의 말라가는 불타는 듯한 쏘는 맛을 숨기고 있고, 향기로운 꿀처럼 걸쭉하고 끈적거린다. 그리고 산 루카르에 만사니야라는 훌륭한 와인이 있다. 이름에서 알 수 있듯 젊고 활기차며 세속적이고 유쾌한 와인이다. 만사니야를 실컷 마신 후에는 좋은 바람을 올라탄 작은 배처럼 경쾌해진다.

또한 지역마다 여러 종류의 생선과 치즈, 소시지와 새비로이,* 콩과 멜론, 올리브와 포도, 과자 및 기타 특산물 등 다양한 신의 선물이 있다는 것도 알아야 한다. 그래서 나이 많고 신뢰할 수 있는 작가들은 여행이 유익하다고 주장한다. 먼 땅에서 수양하는 것을 목표로 하는 모든 여행자라면 좋은 식료품이 얼마나 소중하고 필수적인지 확신하게 될 것이다. 아스투리아스의 왕들은 더 이상 존재하지 않지만, 아스투리아스의 훈제 치즈는 여전히 남아

* 돼지고기로 만든 순대 비슷한 소시지.

있다. 아란후에스*의 전성기는 과거의 일이 됐지만, 아란후에스의 딸기는 오늘날까지도 역사적 명성을 누리고 있다. 탐식가나 까다로운 식객이 되지 말고, 당신의 식사를 시간과 장소의 신들에게 표하는 경의로 삼으라. 나는 러시아에서는 캐비어를, 영국에서는 영국산 베이컨을 먹고 싶다. 그러나 아쉽게도 영국에서 캐비어를 먹었고, 스페인 땅에서는 영국산 베이컨을 먹었다. 모든 나라의 애국자여, 우리를 상대로 음모가 꾸며지고 있다. 국제금융이나 〈인터내셔널가〉**도 우리에게 국제 호텔 경영자만큼 위협적인 존재가 되지 못한다. 간청하건대 신사 여러분, 우리가 어디에 있고 우리가 얼마나 공격적인지에 따라 초리소, 칼프스학세,*** 아 라 랑테른,**** 마카로니, 포리지,***** 카망베르 치즈, 페레아트,****** 만사니야 등 여

---

* 스페인 남부의 도시로, 1752년까지 왕족과 귀족만 거주할 수 있었다.
** 프랑스에서 작곡된 국제 사회주의자 노래로, 1944년까지 소비에트 연방의 국가로 불림.
*** 독일식 송아지 정강이 요리.
**** '가로등으로'라는 뜻의 프랑스어로, 프랑스 혁명 시기에 가로등에 사람들을 매달아 처형하던 일을 일컫는 표현이다.
***** 죽과 비슷한 영국식 오트밀 요리.
****** '멸망하라'라는 뜻의 라틴어로, 적을 저주하는 표현이다.

러 가지 신성한 고대의 함성을 외치며 그의 계략에 당당
히 맞서 싸워야 한다.

카라벨라•

그 배는 스페인 배들이 페루의 금을 내리곤 했던 토레
델 오로 근처의 과달키비르강에 정박해 있다. 그리고 그
배는 콜럼버스가 아메리카 대륙을 발견한 카라벨라 산타
마리아의 마지막 판자와 밧줄까지 정확히 본뜨고 있다고
한다. 나는 크리스토퍼 콜럼버스에 관한 무언가가 떠오르
기를 희망하며 직접 살펴보러 갔다. 갑판에서 선실까지
다 구경했다. 콜럼버스의 선실 침대에 누워본 뒤 기념품
으로 거기에 있던 《라 반과르디아》 신문을 몇 부 가져왔
다. 콜럼버스의 유품이었던 것 같다. 옛날 대포인 팔코네
트나 컬버린 같은 것들도 만져봤는데, 그러다 철제 탄환
에 다리를 다칠 뻔했다. 실제로 장전되어 있던 것이다. 하

• 돛대가 두세 개인 콜럼버스 시대의 중형 범선.

지만 그 유명한 배가 그토록 작다는 사실 외에는 놀라운 것을 발견하지 못했다. 런던 항만청이 틸버리까지 가는 여객선으로 이 배를 허용할지 의문이다.

하지만 갑판 위에 올라서서야 내 뒤에 이베로아메리카 박람회가 있었다는 것을 기억해냈다. 박람회가 끝나고 나면 그 존재는 대규모 이베로아메리카 대학교에 영속될 것이다. 그래서 세비야 사람들은 이 대학에 멕시코와 과테말라, 아르헨티나와 페루, 칠레에서 온 젊은 신사들이 다니게 되리라 기대하고 있다. 그 순간 나는 스페인 애국자가 되어 큰 소리로 외치고 싶었다. '여러분, 생각해보세요. 저 바다 건너에 수백만, 수천만 명이 있는데, 그들은 마드리드 학술원 사전에 있는 언어로 말합니다'라고. 비록 그 나라들이 블랙베리만큼 많지만, 거기에는 오직 하나의 민족만 존재한다. 만약 우리가 제대로 일을 처리한다면, 단 하나의 문명만 있게 될 것이다. 그렇죠? 만약 마드리드 학술원 사전을 따르는 사람이 모두 한데 모인다면 어떨까? 곧바로 국제연맹조차 이루지 못한 일을 만들어낼 것이다. 유로아메리카, 백인 종족의 대륙 간 동맹 말이다. 이야말로 아메리카 대륙의 재발견이나 마찬가지다. 우리 이베리아인들이 총 톤수와 역량에 대해 끊임없이 다투는 강대국들의 눈을 얼마나 크게 뜨게 할지 상상해보라! 친구들이여, 이룬이나 포르트보우를 통해 우리나라에 들어오는 모든 외국인을 한 번 둘러보기만 해도 옛날 우리 스페인 사람들이 위대하고 우월했다는 것을 곧바로 알게 된다. 그 위대함은 어디로 갔단 말인가? 고야와 세르반테스의 이름으로 우리는 그 위대함을 되찾아야 한다!

그렇게 그들에게 말할 것이다. 왜냐하면 콜럼버스의 카라벨라 선박을 연상케 하는 배에 서 있노라면, 어쩐지 아메리카 대륙을 발견하고 싶은 충동이 들기 때문이다. 나는 아메리카를 발견하지 못했지만, 이 나라에서 우리에게

NORTH
AMERICA
HOLLYWOOD
NEW YORK
MEXICO
Irun
ZORTZICOS
ALALA
Montserrat
IBERO-
JOTA
SARDANA
BARCELONA
MADRID
Toledo
AMERICA
Sevilla
FANDANGO
Jerez
Manzanilla
Malaga

더 가까운 무언가를 발견해냈다. 아마도 그것은 국가주의라 불리는 것 같다. 이 나라는 영국을 제외한 다른 어떤 나라보다도 고유한 생활 방식을 보존하는 데 성공했다. 여성들의 만틸라부터 알베니스*의 음악에 이르기까지, 가정의 관습에서 행상인의 문화에 이르기까지, 기사에서 당나귀까지 이 나라는 국제적 문명의 겉치레보다 옛 스페인 풍속을 선호한다. 이는 기후 때문일 수도 있고, 이 나라가 거의 섬이기 때문일 수도 있다. 그러나 무엇보다 이는 국민성의 문제다. 여기서는 지역에 대한 자부심이 모든 기사로 하여금 당당히 고개를 들게 한다. 카디스 사람은 카디스 출신이라는 사실을 자랑스러워하고, 마드리드 사람은 마드리드 출신이라는 것을 긍지로 여긴다. 아스투리아스 사람들은 그곳 출신임을 대단히 기뻐하고, 카스티야 사람들은 전반적으로 자부심이 강하다. 이름에 가문의 명예가 실려 있기 때문이다. 그러므로 나는 세비야 사람이 결코 좋은 국제적인 유럽인이 되기 위해 자신을 낮추지 않기를 바란다. 왜냐하면 그는 심지어 마드리드 사람조차 되지 않을 것이기 때문이다. 스페인의 깊은 비밀 중

* 스페인의 작곡가이자 피아니스트 이사크 알베니스(1860~1909).

하나는 지역색이다. 이는 유럽 다른 지역에서는 사라져가는 독특한 미덕이다. 자연과 역사, 그리고 국민성의 결합체인 스페인이 아직 자연과 밀접한 관계를 유지하고 있으며 역사를 잊지 않았기에 가능한 것이다. 그래서 스페인은 이렇게까지 스스로를 보존할 수 있었다. 그리고 나머지 우리 모두가 할 수 있는 일이라고는 한 민족이 된다는 것이 얼마나 좋은 일인지 경이로운 마음으로 지켜보는 것뿐이다.

종려나무와 오렌지나무

칠흑같이 어두운 밤에 라만차* 지역을 지나가다보면 거기에 정말 거인들이 사는지 아니면 그저 풍차일 뿐인지 확신할 수 없다. 하지만 한편으로는 무르시아와 발렌시아 지역에 있는 것을 꽤 많이 열거할 수 있다. 노란색이나 빨간색 바위, 백색 석회암 절벽, 그리고 푸른 언덕이 배경을 이룬다. 바위와 절벽과 언덕마다에는 무어인의 요새 유적이나 기독교 요새가 있고, 그게 아니라면 수도원이나 예배당, 종탑 정도는 있다. 몬테사의 거대한 갈색 유적, 탑과 성곽으로 가득한 하티바의 성채, 온갖 요새와 성곽, 망루가 있다. 푸이그의 요새와 눌레스의 성벽, 사군토의 유적이 바위 능선 위에 아크로폴리스처럼 세워져 있고, 베니카를

• 스페인 중앙에 있는 고원지대. 《돈키호테》의 무대로 유명하다.

로의 네모난 성채도 있다.

개암나무 덤불과 에스파르토˙섬유 다발이 무성한 갈색과 붉은색의 바위산 기슭에는 타임, 로즈메리, 그리고 세이지가 흩뿌려져 있다. 마치 가마에서 막 꺼낸 도기처럼 메마르고 뜨거운 경사지가 있고, 바로 그 아래에는 회색과 은빛의 올리브 정원이 있다. 이 올리브나무들은 우리 버드나무와 비슷하며, 뒤틀리고 꼬인 줄기는 맨드레이크,˙˙ 고블린, 또는 어렴풋이 인간을 닮은 다른 무엇인가를 연상케 한다. 그리고 올리브나무 사이에는 메마른 돌투성이 마을이 있는데, 요새 같은 작은 교회 건물이 있고 낮고 굽은 집들과 무엇인지 모를 큰 폐허가 그 위에 있다.

그리고 큰 잎이 무성하게 자란 무질서한 무화과나무 숲이 있고, 성 요한의 빵으로도 불리는 캐럽 콩의 꼬투리를 만들어내는 알가로보나무가 빽빽하고 무성하다. 그리고 종려나무가 승리를 상징하듯 꼭대기를 치켜든 채 줄지어 서 있다. 종려나무 숲, 종려나무와 바나나나무 사이에 반

- 스페인 및 북아프리카에서 나는 풀로, 밧줄, 바구니, 구두, 종이 등의 원료가 된다.
- 약물, 특히 마취제에 쓰이는 유독성 식물. 과거에는 마법의 힘이 있다고 여겼다.

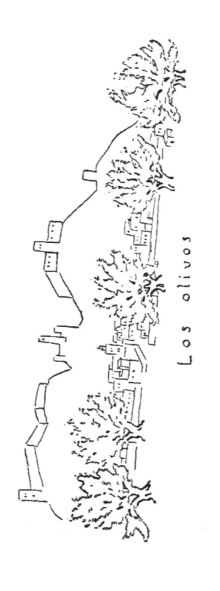

Los olivos

짝이는 파란색 돔과 첨탑이 있는 마을이 있고, 그 위로는
또 다른 요새 건물이 있다.

관개한 과수원, 논, 뽕나무 밭, 포도밭 지대, 그리고 오
렌지나무 과수원이 있다. 오렌지나무 잎사귀는 작고 둥글
며 단단하고 윤기 나고, 오렌지는 황금빛으로 물들어 있

Las palmas

다. 레몬나무는 더 크고 배나무 같다. 내게는 젖과 꿀이
흐르는 땅으로 보이는 티에라 데 레가디오 지대의 농토는

Los naranjos

로마 농부와 무어인 건축가가 만든 배수로와 작은 물길로 인해 더욱 비옥해져 있다. 그리고 이 황금빛 땅의 푸른 언덕에는 무어인 요새의 성채, 탑, 그리고 톱니 모양 벽이 있다.

푸른색과 황금색 아술레호스 돔이 있고, 갈색 얼굴의 사람들과 황금빛 공기가 있는 발렌시아에는 바다 내음과 생선 냄새가 오렌지와 시럽 향에 섞여 있다.

바다, 바다, 바다. 빛나고, 타오르고, 오팔색으로 빛나며 물결치는 바다. 갈색 바위 아래서 거품을 일으키고, 모래 해변을 핥고, 눈길을 아득하게 만드는 푸른 바다, 바

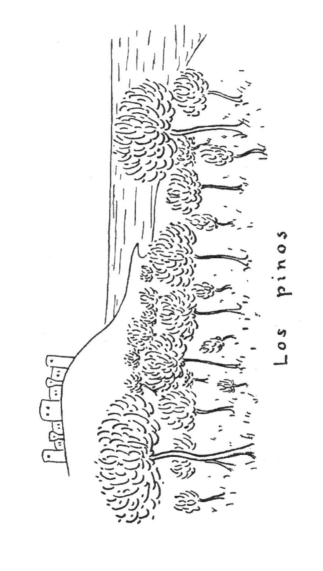

Los pinos

Los alcornoques

다. 말라리아에 걸린 듯한 석호, 바위 사이의 만, 그리고 수평선 위에 날개 모양의 돛을 단 어선이 보인다.

잎사귀가 거의 검은색이고 가죽 같으며 뾰족한 종이봉투 모양으로 말려 있는 코르크참나무 숲이 있다. 소금기 가득한 모래밭 위에는 작은 소나무 숲이, 산 위에는 요새와 수녀원들이 있다.

그렇게 오른편에는 바다, 왼편에는 산이 있다. 아무것도 놓치지 않으려면 어디를 보아야 할까? 아, 저 바다 위를 떠다니거나 저 산 위에서 은둔자로 살고 싶다.

낚시 여행을 하러 바다에 나가거나 포도를 밟아 즙을 짜내거나 올리브유를 착유하고 싶다. 하, 붉은 바위, 어디에도 이 정도로 짙고 붉은 바위는 없다.

바위에 붙어 있는 작은 마을 오로페사를 보라. 옛날에 어떤 민족이 거기에 살았는지는 알 수 없지만 틀림없이 천년 전에도 똑같은 모습이었을 것이다.

터널을 통과할 때마다 마침표를 찍고 새로운 장이 시작되는 것 같다.

그리하여 이 나라가 어느 시점에서 변하는지, 또는 변화의 본질이 무엇인지는 말할 수 없다. 갑자기 다른 무언가를 떠올리게 한다. 더는 아프리카가 아니라 익숙한 무언가가 되어 있다. 마르세유의 코르니슈 산책로이거나 이탈리아의 해안 지역 리비에라 디 레반테처럼. 다시 한번, 이곳은 라틴 국가이자 따뜻하고 반짝이는 지중해 분지인데, 지도를 보면 카탈루냐라고 불린다는 사실을 발견하게 된다.

티비다보

티비다보는 바르셀로나의 언덕인데, 꼭대기에는 교회와 카페와 그네가 있고, 특히 그곳에서 바다와 도시, 그리고 주변 경관을 내려다볼 수 있다. 언급된 바다는 실안개로 어슴푸레하게 빛나고, 도시는 매우 고운 흰 건물의 반짝임을 내뿜으며, 주변은 녹색과 분홍색 광채로 물들어 있다.

또는 폰트 델 예오* 테라스에서 보면, 따뜻한 언덕의 물결과 바다 사이에 반짝이는 도시가 아름답게 펼쳐진다. 마치 가벼운 와인처럼 활기를 불어넣는 광경이다.

또 몬주이크 언덕 기슭에 있는 박람회장은 저녁이 되면 모든 분수와 수로와 작은 폭포와 인접지와 작은 탑까지 너

---

* 바르셀로나 지방의 작은 도시 칼데스 데 몬트부이의 중앙 광장에 있는 온천.

무나 화려한 조명으로 빛나는데, 그 모습을 표현할 길이 없어 그저 어지러울 때까지 바라볼 수밖에 없다.

하지만 이러한 환상적인 요소들은 바르셀로나의 존재 없이는 불완전하다. 바르셀로나는 부유한 도시이자 거의 새로 형성된 구역 같고, 돈과 산업, 새로운 거리와 상점, 별장을 과시한다. 오른쪽과 왼쪽에 새 시가지가 몇 킬로미터나 줄을 잇고, 마치 주머니의 바닥 같은 한가운데에는 고대의 존경받는 건축물, 예를 들어 대성당과 시청, 지방의회 등이 있는 구시가지가 끼어들어 있다. 좁고 붐비는 구시가지는 유명한 람블라스 거리로 인해 둘로 나뉘

고, 그곳에서 바르셀로나 사람들은 꽃을 사고, 여자를 구경하고, 혁명을 일으키기 위해 플라타너스 아래 모인다. 전체적으로 활기차고 쾌적한 도시로서 번영을 과시하고 주변 언덕으로 세를 확장한다. 마치 광대한 사그라다 파밀리아 대성당의 미완성된 본당과 솔방울 같은 첨탑에서 열정적으로 자신의 영혼을 끌어올린 기발한 건축가 가우디처럼 말이다.

그리고 모든 항구도시와 마찬가지로 더럽고 시끄러운 항구가 있는데, 그곳은 야간 유흥업소와 댄스홀과 공연장이 모여 있는 갇힌 공간이다. 밤이 되면 모든 기계식 오케스트라의 소음과 소란으로 가득하고, 색색의 조명이 현란하게 빛나고, 부두 노동자, 선원, 불한당, 토실토실한 젊은 여자, 무뢰한, 그리고 항구 주변의 불량배로 가득 찬다. 마르세유보다 큰 매매춘 지역, 라임하우스*보다 의심스러운 저속한 소굴, 땅과 바다가 찌꺼기를 버리는 악의 구렁텅이다.

그리고 노동자 계급의 교외 지역에서는 주먹 쥔 손을 주머니에 넣은 과격하고 반항적인 남자들을 보게 된다. 말하자면 이곳 사람들은 트리아나의 자유분방한 주민들과는 사뭇 다르다. 냄새만 좀 맡아봐도 이곳에서 무엇인가 불길한 것이 움트고 있음을 알 수 있다. 밤이 되면 그림자가 도심을 향해 길게 늘어선다. 그림자는 발에 에스파드리유 샌들을 신고 허리에는 붉은 벨트를 두르고 있으며, 입에는 담배를 물고, 모자를 눈까지 당겨 쓰고 있다. 그림자일 뿐이지만, 둘러보면 꽤 많은 수가 모여 있다. 비난하듯 눈을 부릅뜨고 있다.

그리고 이 도시 한가운데에는 스페인인이 되기를 거부하는 사람들이 있고, 주변 산악 지대에는 스페인인이 아

• 영국 런던의 동부 이스트엔드의 빈민가.

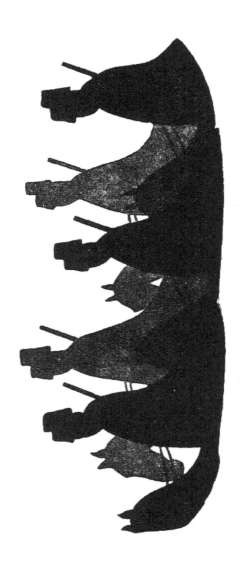

닌 농민들이 있다. 티비다보의 높은 곳에서 보면 찬란하게 번창한 도시이지만, 가까이 다가갈수록 꽉 다문 이 사이로 숨을 헐떡이는 소리가 들리는 듯하다.

한편 바르셀로나는 현란한 불빛 속에서 야단스럽게 번쩍인다. 극장은 자정에야 문을 열고, 새벽 2시가 되면 댄스홀과 다른 유흥업소가 북적인다. 늘 고민을 안고 사는 듯한 침울한 무리가 람블라스 거리와 넓은 가로수 길을 어정거리다가, 역시 조용하고 침울한 기마 헌병대가 말 위에서 총을 겨눈 채 다음 모퉁이에 나타나면 요란스럽게 사라진다.

사르다나[•]

그러나 카탈루냐인들이여, 나는 당신들이 내게 사르다나를 연주해줬으면 좋겠다. 그 쩌렁쩌렁하고 당당한 악기 소리는 염소의 울음소리와 숌[••]의 날카로운 소리가 합쳐진 것 같은 진정한 지중해 음악이다. 이것은 무어인의 제멋대로식 외침도 아니고 기타의 암울한 열정도 아니다. 이 지역 자체처럼 시골스럽고 세련되지 않으며 명랑한 음악이다.

이 지역은 이제 프로방스를 닮았다. 다른 스페인 지역처럼 바위투성이가 아니라 프로방스의 언덕과 비슷하다. 무르시아 언덕처럼 종려나무는 자라지 않지만, 리비에라

• 카탈루냐의 민족성과 결합된 민속무용. 또는 그런 음악.
•• 중세 퉁소의 일종이자 오보에의 전신.

언덕의 것과 닮은 야자수는 자란다. 보다시피 그 차이는 미묘해서 말로 표현하기 쉽지 않다. 그것은 당신이 숨 쉬는 공기 중에 있고, 녹색 덧문이 있는 집과 그 집에 사는 사람들 안에 있지만, 무엇보다 그냥 존재할 뿐이다.

이 지역 주민들은 로마 시대의 신발을 연상케 하는 알파르가타라 불리는 흰색 면 슬리퍼를 신는다. 그리고 가끔 붉은색 프리기아 모자(바레티나 또는 그와 비슷한 이름으로 불린다)를 쓴 사람들을 볼 수 있다. 많은 이가 푸른 눈과 갈색 머리카락에 체구는 땅딸막한데, 어쩐지 이 모든 것에 북부의 느낌이 배어 있다. 음악과 와인 맛, 사람들과 자연경관이 다 그러하다. 나무의 대부분은 매년 잎이 떨어지는 낙엽수다. 내가 본 첫 플라타너스의 노란 잎사귀는 고향에서 보내온 인사 같다. 이곳 사람들은 저곳에 있

는 사람들처럼 파티오에서 살지 않고 거리에서 산다. 아이들, 개, 어머니, 술고래, 신문 읽는 사람들, 당나귀와 고양이 모두가 현관과 포장도로에서 산다. 아마도 그래서 이 나라에서는 폭도가 형성되고 길거리 싸움이 일어나기 쉬운 모양이다.

하지만 나를 가장 놀라게 했던 것은 왕궁 앞에 있는 헌병들이었다. 왜냐하면 그들은 하얀 카탈루냐 슬리퍼를 신고 머리에는 실크해트를 썼기 때문이다. 보다시피 실크해트와 슬리퍼, 그리고 총검이 고정된 라이플총은 특이한 조합이다. 그러나 결국 그것은 카탈루냐의 지역색을 그대로 보여주는 것이다. 스페인의 다른 왕국들 가운데 있는 전원적이고 상업적인 지역이라는 말이다.

펠로타

펠로타는 개가죽으로 만든 단단한 공으로 하는 바스크 게임이다. 멀리서는 싸움이 막 시작된 데다 그 광란에 총성까지 더해진 것 같아 보인다. 그러나 가까이 가보면 선수들이나 심지어 구경꾼들 때문이 아니라 호객꾼들 때문에 소란스럽다는 것을 알 수 있다. 그들은 군중 앞에서 이

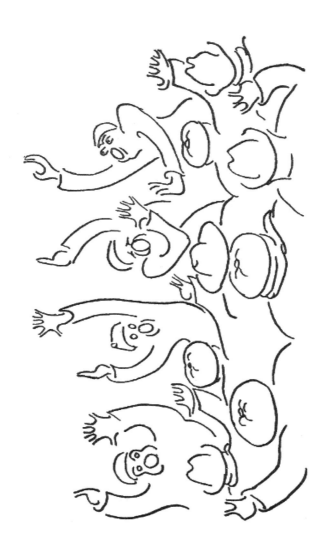

리저리 뛰어다니며 팀을 구별하는 색깔인 파란색 또는 빨간색에 돈을 걸게 한다. 연극적인 관점에서 볼 때 이 게임에서는 호객꾼들이 가장 흥미로운 부분이다. 그들은 원숭이처럼 소리 지르고, 뛰어다니고, 팔을 휘두르며, 손가락을 펴서 금액을 가리킨다. 판돈과 상금은 호객꾼과 구경꾼 사이에서 속 빈 알갱이 형태로 이리저리 던져지는데, 마치 원숭이 무리가 앉아 있는 나무에서 흔들리는 견과류처럼 사람들의 코앞을 스쳐 지나간다.

이 열정적인 내기 게임이 진행되는 동안, 좁은 의미의 펠로타 경기가 군중 앞쪽에서 진행된다. 양쪽에 두 명의 선수가 있는데, 가죽 장갑에 고정된 길고 구부러진 버드

나무 판자를 오른손에 들고 있다. 엘롤라가 이 판자로 날아오는 공을 잡고는 프론톤이라 불리는 높은 벽면을 향해 힘껏 내리친다. 공은 굉음을 내며 벽에서 튕겨 나와 포탄 투사체처럼 회전하며 돌아온다. 철컥, 이번에는 가브리엘이 자신의 판자로 공을 잡아 벽면을 향해 후려친다. 쿵! 이제 우갈데가 공중에서 공을 낚아채 판자를 돌리더니 폭탄 같은 공을 프론톤 벽면으로 내리꽂는다. 꽝, 이번에는 테오도로가 자신의 판자로 공을 잡고 쿵 하고 벽면을 향해 힘껏 내리친다. 이제 다시 엘롤라 차례이고, 공이 벽에서 튕겨 나올 때 받아내야 한다. 꼭 슬로 모션 영화 같다. 그러나 실제로는 흰옷을 입은 사람 넷이 각자의 라인에서

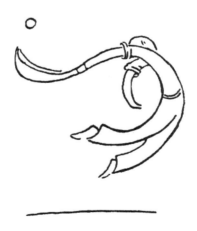

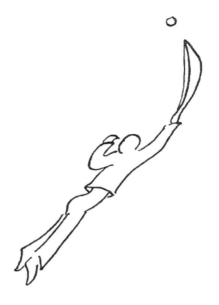

뛰어오르는 모습이 보이고, 탕탕탕, 공은 거의 보이지도 않게 그들 위로 날아다닌다. 만약 선수가 공을 놓치거나 공이 두 번 바닥에 튀거나 다른 알 수 없는 실수가 있으면 라운드가 끝나고 상대 팀에 1점이 주어진다. 그러면 호객꾼들이 팔을 휘젓기 시작하며 큰 소리로 새로운 배당률을 알린다. 이렇게 60점 정도 나올 때까지 게임이 계속된다. 그러면 새로운 레드 팀과 블루 팀이 들어와 다시 게임을 시작하고, 룰렛 참가자처럼 군중이 재배치된다.

보다시피 이것은 단순한 게임의 모든 속성을 지닌다. '공 잡기' 같은 단순하고 평범한 어구를 사용해서 한층 단조로운 느낌이 든다. 하지만 실제로 이 과정은 단순한 '잡기'가 아니라 일종의 마술 같다. '라 세스타'라 불리는 판자의 너비는 손바닥 폭에 지나지 않고, 공의 속도는 가히 별똥별의 것에 필적한다. 최근에는 벽에서 튕겨 나간 공이 관중석으로 날아들자 네 명의 선수 모두 도망가버렸다. 공에 누군가가 맞아 죽었으리라 확신했기 때문이다. 그런 공을 잡는 것은 마치 숟가락으로 소총 탄환을 받아내는 거나 마찬가지다. 그리고 펠로타 선수들은 어디에서 공이 날아오든 매가 파리를 잡듯 죽을힘을 다해 공을 잡는다. 그들이 팔만 뻗어도 공이 잡히고, 뛰어오르기만 해도 공이 잡힌다. 펠로타에 비하면 테니스는 파리채로 파리를 잡는 수준이다. 게다가 그들은 허공에서 몸을 날리고 회전하는 등의 기술을 전혀 힘들지 않게, 마치 새가 하

루살이를 사냥하듯 자연스럽게 한다. 탕, 공이 부딪히면 끝난다. 공이 내던져지는 데 근육을 쓴 흔적은 전혀 없다. 펠로타는 이런 식의 기이하고 단조로운 게임이다.

이 게임은 바스크인과 나바르의 산악인들이 주로 한다. 세상에 베레모('보이나'라고 부른다)를 소개한 그 바스크인들 말이다. 프랑스의 언어학자 메이예 교수가 알려준 바에 따르면, 바스크인은 지중해 분지 전역의 원주민이자 코카서스 일부 부족과 인연이 있는 민족이다. 바스크 언어는 매우 복잡해서 아직 제대로 연구되지 않았다. 그들은 둘사이나라 불리는 리드파이프와 작은북을 연주하며 음악을 만든다. 그들은 유럽에서 가장 작은 민족 중 하나일 것이다. 어쩌면 사라진 아틀란티스인들의 후손일지도 모른다. 만약 살아남은 이 두려움 없는 자들이 사라진다면 비극이 될 것이다.

몬트세라트

　멀리서 바라볼 때, 그 산은 허리 위로 우뚝 솟아 카탈루냐의 다른 언덕을 압도하는 튼튼하고 위풍당당한 모습이다. 그러나 가까이 다가갈수록 놀라게 되고, 머리를 흔들다 마침내 "맙소사, 이럴 수가! 전에는 이런 걸 본 적이 없어!" 같은 소리를 중얼거리게 된다. 이는 세상만사가 멀리서 보는 것보다 가까이에서 볼 때 더 놀랍다는 오랜 경험을 확인해준다.

　왜냐하면 바르셀로나에서 보면 마치 빽빽한 산맥으로 보이지만, 가까이서 보면 기둥 위에 산이 올라가 있는 모습이기 때문이다. 사실 그것은 산보다는 교회 건축물처럼 보인다. 아래에는 붉은 바위로 된 발판이 있고, 그 위로 바위기둥들이 높이 솟아 있다. 맨 꼭대기에는 갤러리와 비슷한 것이 거대한 기둥들을 받치고 있다. 그리고 그 위

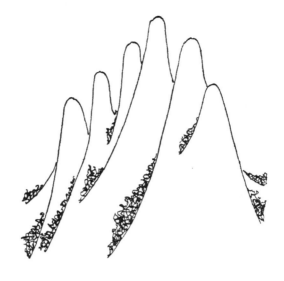

에는 3층이나 되는 거대한 기둥이 1.8킬로미터 넘게 치솟아 있다. 이럴 수가, 정말이지 이런 광경은 처음 본다. 높은 나선형 길이 풀릴수록 숨이 멎을 것만 같다. 아래에는 요브레가트의 가파른 절벽이, 그리고 머리 위로는 몬트세라트의 가파른 탑들이 있다. 그리고 둘 사이에 신성한 수도원과 대성당, 그리고 수백 대의 자동차와 버스, 우등 버스를 위한 차고가 돌출된 발코니에 매달리듯 자리 잡고 있다. 이 기념비적인 은신처에서 베네딕트회 수도사와 함께 묵을 수 있는 숙소도 있다. 이 수도원에는 아마 다른 어떤 수도원에도 없을 도서관이 있는데, 나무와 돼지가죽

장정의 오래된 책부터 입체파에 관한 책에 이르기까지 다양한 서적이 비치되어 있다.

아직 산의 정상인 산트 헤로니가 남아 있다. 완전히 수직으로 움직이는 케이블카가 당신을 그곳으로 데려다준다. 마치 밧줄로 교회 첨탑 꼭대기까지 정어리 통조림을 끌어 올리는 느낌이다. 하지만 당신은 이 통조림에 앉아서 죽을 수도 있다는 가능성에 겁먹지 않은 것처럼 기민하고 모험적인 태도를 취하려 한다. 어렵사리 꼭대기에 도착해서 정신을 가다듬으면, 무엇을 먼저 보아야 할지 모른다. 그런 당신을 위해 볼거리 목록을 작성해보겠다.

1. 아래에서 보면 식물들이 마치 들어 올린 거대한 겨드랑이 아래에 난 솜털 같아 보이지만 가까이에서 보면 상록의 매자나무와 호랑가시나무, 회양목과 화살나무, 물푸레나무, 도금양과 월계수, 그리고 지중해 헤더 같은 매력적인 작물임을 알 수 있다. 단단한 콘크리트로 빚어낸 것처럼 보이는 넓은 자갈밭과 정상부 사이의 갈라진 틈새에 자연공원이 있는데, 이렇게 경이로운 곳을 나는 난생처음 봤다.

2. 몬트세라트 바위의 탑과 기둥, 그리스도가 십자가에서 처형당한 날 갈라진 것으로 추정되는 악의 골짜기, 경

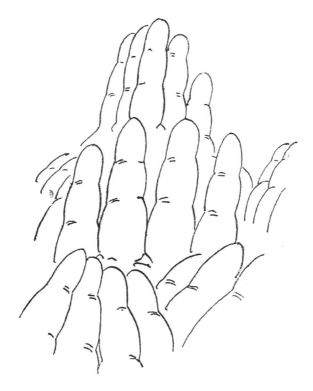

외감을 불러일으키는 벌거벗은 가파른 절벽. 이런 바위들
의 생김새에 관한 과학적 이론도 수없이 많다. 어떤 이들
은 보초병 같다고 하고, 또 어떤 이들은 수도복을 입은 수
도사들의 행렬이나 목관악기인 플루트 또는 뽑아낸 이빨
의 뿌리 같다고 한다. 내 눈에는 기도하듯 모아서 들어 올
린 손가락처럼 보인다. 몬트세라트가 천 개의 손가락으로

기도하고, 세워진 검지로 맹세하며, 순례자를 축복하고 신호를 보내는 것 같다. 이 산이 다른 모든 산을 압도하고 우뚝 솟은 것은 바로 이런 특별한 이유 때문이라고 믿는다. 비록 지금은 제자리를 벗어난 것 같지만 말이다. 어쨌든 내가 이런 생각을 한 것은 광활하고 기이한 자연의 대성당에서 가장 높은 봉우리이자 중심을 이루는 산트 헤로니 정상에 앉아 있을 때였다.

3. 그리고 주변 지역을 둘러보면, 눈이 닿는 곳 너머까지 초록과 분홍빛 언덕이 물결치듯 출렁인다. 카탈루냐, 나바라, 아라곤, 그리고 반짝이는 빙하를 품은 피레네산맥까지 한눈에 들어온다. 산기슭에는 하얀 마을이 옹기종기 모여 있고, 이상한 타원형 언덕들은 거대한 빗이 훑고 지나간 흐트러진 머리카락처럼 늘어서 있다. 아니면 오히려 이 대지를 창조한 손가락의 주름진 자국이 여전히 남아 있는 것 같아 보인다. 몬트세라트산 정상에 서서 바라보면, 이 따스하고 붉은빛 나는 지역을 특별한 창조적 열정으로 주무른 신의 손길을 고스란히 느낄 수 있다.

이 모든 것을 보고 감탄한 뒤, 순례자는 집으로 돌아가는 여정을 시작한다.

부엘타*

Espańa

집으로 가는 길. 아직 네 개의 나라를 가로질러 가야 하지만, 이제는 무엇을 보든 멍하니 묵주의 구슬처럼 손가

* '귀환'을 뜻하는 스페인어.

락 사이로 흘려보낸다. 이젠 돌아가는 길이니까. 집으로 돌아가는 사람은 기차 칸 한구석에서 몸을 웅크리고 눈을 반쯤 감는다. 지나치기와 물러서기는 할 만큼 했다. 오자마자 미끄러져 사라지는 이 모든 장소도 충분히 봤다. 지금 원하는 것은 집으로 돌아가 땅에 박힌 말뚝이 되는 것

France

뿐이다. 아침저녁으로 익숙한 것을 주위에서 만나게 되는 것이다. 그래, 그렇다. 그러나 세상은 너무나 크다!

　이 친구를 보라. 얼마나 바보 같은지! 그는 비참한 보따리처럼 구석에 앉아 더 많은 것을 보지 못하는 데 짜증

을 낸다. 그는 살라망카나 산티아고를 보지 못했다. 집시의 왕을 만나지도, 바스크 플루트인 치스투의 소리도 듣지 못했다. 그는 모든 것을 보고 모든 것에 손을 뻗어야 한다. 마치 톨레도에서 당나귀를 토닥이거나 알카사르 정원의 야자수 줄기를 쓰다듬듯 말이다. 적어도 모든 것을

Belgique

손가락으로 만져야 한다. 손바닥으로 세계 전체를 훑어내야 한다. 친애하는 독자여, 익숙하지 않았던 무언가를 보거나 다루는 것이 얼마나 기쁜 일인가. 사물과 사람 간의 다양성은 우리 삶의 지평을 넓혀준다.

당신은 감사하고 기쁜 마음으로 익숙한 것과 다른 것들을 찾아냈다. 그리고 당신이 만난 다른 순례자들 역시 다른 곳에서는 볼 수 없는 특별하고 그림 같은 풍경을 하나라도 놓치지 않으려고 발이 닳도록 기꺼이 걸었다. 우리 모두의 내면에는 삶의 충만함과 풍요로움을 사랑하는 마

D. R

음이 자리 잡고 있기 때문이다. 그런데 사실 이 삶의 충만함은 나라에 의해 만들어진다. 물론 역사와 환경의 영향도 있지만, 이 둘은 나라라는 테두리 안에 녹아 있다. 그래서 만약 우리가 이 세상사를 삶에 대한 사랑으로 이끌

어가고 싶다면, 우리는 (세계의 모든 언어로) 이렇게 말해야 할 것이다.

여러분, 물론 전 세계 어디나 사람은 다 똑같습니다. 하지만 우리 여행자들이 그토록 즐겁고 놀랐던 이유는 단순히 세비야 사람들이 사람이라는 사실을 발견해서가 아니라 세비야 사람들이 세비야 사람 그 자체라는 점을 발견했기 때문입니다. 스페인 사람들이 정말로 스페인 사람다워서 우리는 무척 기뻤습니다. 그들이 더 스페인 사람다울수록 우리는 그들을 더 좋아하고 더 높이 평가하게 됩니다. 우리가 중국인들을 그들이 중국인이라는 흥미진진한 이유로, 또 포르투갈 사람들을 그들이 포르투갈 사람이고 우리가 그들이 하는 말을 한마디도 이해하지 못한다는 이유로 높이 평가한다는 사실을 기억합시다. 다른 경우도 마찬가지입니다. 아스팔트 고속도로가 있고, 유일신을 믿으며, 보데가와 선술집을 닫기만 하면 온 세상을 사랑하는 사람들이 있습니다. 자신들만의 문명화된 모습이 받아들여져야 세상을 사랑할 수 있는 사람들이 있습니다. 하지만 우리는 아직 사랑에 대해 큰 진전을 이루지 못했으니 다른 방식을 시도해보는 건 어떨까요? 세상에는 수천 가지 모습이 존재하고, 그 모습이 다 다르다는 사실 때문에 세상을 좋아하게 되는 게 한층 더 즐겁지 않을까요? 그리고 이렇게 말할 수 있겠습니다. 친구여, 우리가 이렇게 서로 만나 기쁘니 국가들의 연맹을 만들어보면 어떨까요? 다만 주의할 점은, 그 나라들이 제각기 개성을 살려서 꾸며져야 한다는 것입니다. 각 나라는 저마다 다른 머리카락 색깔과 다른 언어를 가져야 하고, 그 나라만의 독특한 관습과 문화를 지녀야 합니다. 필요하다면 그 나라만의 신을 가질 권리도 있어야겠지요. 왜냐하면 모든 차이점은 그 자체로 소중히 여겨질 자격이 있기 때문입니다. 차이가 있기에 우리 삶의 지평이 넓어집니다. 우리를 구분 짓는 모든 것으로 우리를 하나되게 만들어봅시다!

그리고 이 길을 걸어 집으로 향하는 한 남자는, 프랑스의 포도나무 가득한 언덕에 눈길이 머물고, 독일의 홉 밭을 애정 어린 시선으로 어루만진다. 그리고 마지막 국경 너머 펼쳐질 경작지와 사과 과수원을 볼 꿈에 부푼다.

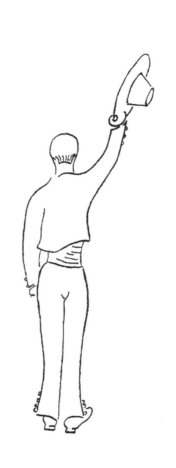

해설

"눈이 자신의 비전에 열정적으로 고정된 사람은 모두 조금 미친다"

최근 오픈AI의 개발자들이 인공지능 발전의 잠재적 위험성을 경고함에 있어 어떤 불이익도 당하지 않게 해달라고 요구하는 내용의 성명을 발표했다. 개발자들은 눈 깜짝할 새 진화를 거듭하는 인공지능이 인류에게 치명적인 위협을 초래할 수 있음을 이미 인식하고 있으면서 침묵할 수만은 없다는 사회적, 철학적, 윤리적 문제 제기를 한 것이다.

100여 년 전에 이와 비슷한 담론을 제시한 사람이 바로 카렐 차페크다. 카렐 차페크는 1920년에 자신의 형과 공동 작업한 희곡 《R. U. R.》에서 '로봇'이라는 단어를 처음 사용했다. '강제 노동'이라는 의미의 체코어 '로보타'에서 따온 '로봇'을 차페크는 '작업 능력은 인간과 동등하거나 그 이상이지만 인간적인 감정이나 혼은 가지고 있지 않은 인조인간'이라 정의했다. 그 후 100년이 지난 오늘날, 이제 '로봇'은 사전에서 의미를 찾아볼 필요도 없을 만큼 보편적이고 중요한 단어가 되었고, 그 성능은 진화와 진화를 거듭해 인류를 위협하는 상태에 이르렀다. '로봇'이라는 단어를 처음 만들어낸 차페크로서는 매우 영광이면서도 두려울 일이다. 《R. U. R.》에서 로봇은 권력을 잡고 인간을 말살한다. 로봇이 세상을 점령했지만 인간이 없는 세상은 비극이다. 차페크는 이 희곡을 통해 현대 기술 문명의 비인간화를 상징적으로 알렸다.

이른바 로봇의 아버지인 카렐 차페크는 시골 의사인 아버지와 예술적 취향이 강한 어머니 사이에서 태어났다. 특히 옛이야기를 많이 알고 있는 외할머니 덕택에 문학적인 풍토에서 자랐다. 같은 환경에서 성장한 형 요세프와 누나 헬레나 역시 화가와 작가로서 명성을 누리며 카렐 차페크에게 큰 영향을 미쳤다. 특히 요세프는 앞서 언급한 희곡 《R. U. R.》을 함께 썼고(카렐 차페크는 《옥스퍼드 영어 사전》의 담당자에게 편지를 보내 '로봇'이라는 신조어를 만든 사람이 실은 형 요세프라고 직접 알렸다), 카렐 차페크의 에세이에 삽화를 그리기도 했다. 형제의 협업은 지금까지도 체코 문학에서 독특한 위상을 차지하고 있다.

카렐 차페크는 프라하와 독일 베를린에서 철학을 공부했고, 1915년 철학박사 학위를 받았다. 차페크는 민주주의와 인권의 옹호자였다. 체코슬로바키아의 초대 대통령이자 '국부'라 불리는 마사리크와의 친분을 바탕으로《마사리크와의 대화》라는 책을 저술했다. 또한 반나치주의자로서 나치의 체코슬로바키아 침공에 반대하다 게슈타포의 감시 대상이 되었다. 일설에 의하면 차페크는 노벨문학상의 유력한 후보로 수차례 거론되었으나, 당시 유럽을 장악했던 히틀러에 반하는 인물로 낙인찍혀 수상이 번번이 불발되었다고 한다.

차페크 부인의 증언에 따르면, 한번은 스웨덴 한림원에서 차페크에게 정치적으로 중립적인 작품을 다시 쓰면 그 작품을 지목해서 노벨상을 주겠노라 제안했지만 차페크가 단번에 거절했다고 한다. 차페크는 체코슬로바키아의 영토 일부를 나치에게 넘겨준다는 내용의 뮌헨 협정이 체결되어 조국의 운명이 경각에 달렸던 1938년 크리스마스에, 오래 앓던 지병과 복잡한 정치 상황에 대한 스트레스로 마흔여덟 살의 짧은 생을 마쳤다. 그의 형인 요세프 차페크는 1939년 제2차 세계대전이 일어난 직후 게슈타포에게 체포되어 수용소 생활을 하다가 전쟁이 끝나기 직전인 1945년 4월에 사망했다. 요세프의 비극적인 죽음은 나치 체제의 잔혹성과 제2차 세계대전 시기에 지식인들이 겪었던 어려움을 단적으로 보여준다.

카렐 차페크는《R. U. R.》,《도롱뇽과의 전쟁》같은 SF 작품과《호르두발》,《별똥별》,《평범한 인생》의 철학소설 3부작으로 유명하지만 그 외에도 희곡, 동화, 에세이, 전기, 번역, 칼럼 등 다양한 장르의 작품을 남겼다. 또 많은 사람과 편지로 교류했는데, 그의 서간집은 당시 체코슬로바키아 사회와 문학계의 모습을 생생하게 보여준다. 그는 음악과 미술, 자연과 동물에도 관심이 많아서《정원가의 열두 달》,《개와 고양이를 키웁니다》같은 에세이를 내기도 했다.

차페크는 각 장르마다 다른 문체와 분위기를 사용해 독자들에게 깊은 인상을 남겼다. 소설에서는 주로 미래에 대한 비판적 시각과 철학적 성찰을 담아낸 반면, 에세이에서는 유머와 생생한 묘사를 통해 일상의 소소한 즐거움과 번뜩이는 통찰을 전달했다.

그런데 어떤 이유에서인지 그가 여행을 좋아해서 여행 기까지 출간했다는 사실은 국내의 차페크 독자들에게 크 게 알려지지 않았다. 차페크는 이탈리아, 영국, 스페인, 네덜란드, 북유럽 등을 여행했고, 미국과 남미로의 여행 도 꿈꿨지만 이는 실행에 옮기지 못했다.

차페크의 여행기를 연구하는 글래스고 대학의 머나 솔 릭 교수에 따르면, 차페크가 유럽 전역을 돌아다니며 여 행기를 쓴 데는 체코슬로바키아 정부의 역할이 컸다고 한 다. 차페크는 여러 차례 정부 직책을 제안받았지만 대부 분 거절했다. 그러나 비공식적으로는 체코슬로바키아의 문화 대사 역할을 했다. 체코슬로바키아 정부는 정치뿐 아니라 문화적으로도 유럽 지도에서 뚜렷이 자리매김하 고 싶어 했고, 자신들과 다른 유럽 국가들이 무엇을 공유 하고 있는지 알고 싶어 했다. 그러한 노력의 일환으로 차 페크의 여행을 지원하는 데 힘을 아끼지 않았던 것이다.

그런데 사실 이 삶의 충만함은 나라에 의해 만들어진다.
물론 역사와 환경의 영향도 있지만, 이 둘은 나라라는 테
두리 안에 녹아 있다.

이런 배경을 알고 나면, 아닌 게 아니라 차페크가 여행기를 통해 체코(당시에는 체코슬로바키아) 국민들에게 많은 것을 얘기하고 싶어 한 듯하다. 스페인과 체코는 여러 면에서 비슷한 점이 많았다. 두 나라 다 다양한 민족으로 구성되었고, 각 나라의 독립과 발전 과정에서 외세의 영향과 내부의 갈등을 경험했으며, 1920년대에는 두 나라가 외교적, 경제적 교류를 통해 무역을 증진하고 예술가와 지식인들은 서로의 문화를 이해하고자 하는 노력을 기울였다.

그래서 이 책에서는 스페인의 독특한 문화적 특성을 중부 유럽과 자주 대비했고, 스페인의 복잡다단한 역사, 특히 중세 이베리아반도를 정복했던 무슬림인 무어인들의 영향과 유산을 수시로 언급했다. 예술에 관심이 많았던 차페크는 엘 그레코, 고야, 벨라스케스 등의 작품 세계를 깊이 있게 관찰하고 평가했으며, 카탈루냐, 안달루시아 등 지역 간의 문화적, 사회적 차이도 고찰했다. 가톨릭 문화가 영향을 미친 건축물과 축제 등에 대해서도 상세하게 묘사했다.

덕분에 오늘날 이 책을 읽으면 1920년대 스페인의 겉모습을 엿보는 것 이상의 의미를 찾을 수 있다. 차페크는 유명 관광지를 소개하는 것보다는 깊이 있는 문화 탐구와 철학적 성찰의 결과를 여행기에 담았다. 예리한 관찰력으로 일상의 소소한 장면을 포착해서 생생하게 묘사했고, 진지한 주제도 위트 있고 유머러스하게 풀어냈다. 그리고 스페인의 역사와 예술과 문화에 대한 폭넓은 지식을 바탕으로 평범한 사람들의 삶을 이해하는 데 자신만의 깊은 자각과 폭넓은 사유를 반영했다.

차페크는 관광객의 시선이 아닌 이웃 주민의 시각으로 스페인을 바라보려 노력했고, 그들의 일상 속에서 스페인의 정체성을 찾으려 했다. 특히 플라멩코나 투우 같은 전통문화를 각별히 여겼다. 이러한 전통 예술과 행사들이 스페인의 역사와 문화적 뿌리를 이해하는 데 중요한 역할을 했기 때문이다. 투우사, 구두닦이, 플라멩코 댄서, 집시, 무어인의 후예 등 다양한 사람들을 관찰했고, 스페인의 다채로운 삶의 모습을 포착했다. 이는 그가 스페인을 단순한 여행지가 아닌, 살아 있는 문화와 인간의 삶이 공존하는 공간으로 여겼음을 보여준다.

살아 있는 사람들의 거리야말로 가장 좋은 박물관이다.

특히 투우에 대한 차페크의 견해는 복잡미묘했다. 인도주의적 성향이 강했기 때문에 동물 학대라는 윤리적 문제에 대해 고민했지만, 투우의 예술적, 미학적 측면도 무시하지 않았고 투우사의 움직임과 관중의 열정 역시 생생히 묘사했다. 차페크는 다른 것과 마찬가지로 투우에 대해서도 단순히 찬성 또는 반대의 입장을 취하기보다는 이를 통해 스페인 문화의 복잡성과 인간 본성의 다양한 측면을 탐구하려 노력했다. 그의 견해는 객관적 관찰과 주관적 감상, 그리고 철학적 사유가 균형 있게 섞여 있으며 특유의 위트까지 발휘되어 있어 전혀 불쾌하게 느껴지지 않는다.

책의 말미에서 그는 독자들로 하여금 여행의 본질에 대해 생각해보게 한다. 차페크에게 여행은 단순한 관광이 아닌 다른 문화와의 진정한 만남이었다. 차페크의 예리한 관찰과 통찰은 지금의 독자들에게도 새로운 시각을 제공하며, 문화의 차이를 이해하고 존중하는 자세를 배울 수 있게 한다. 이는 오늘날 SNS에서 누가 더 화려한지, 누가 더 좋은 것을 가졌는지, 얼마나 많은 곳을 가고 맛난 음식을 먹었는지를 자랑하고, 다양한 포즈를 뽐내며 '좋아요'를 수집하는 자극적인 여행과는 사뭇 달라 한층 인상적이다.

그리고 뭐니 뭐니 해도 이 책의 가장 큰 특장점은 (형이 아닌) 카렐 차페크가 직접 그린 백여 컷의 일러스트다. 단순하지만 위트 넘치고 표현이 적확한 그림은 스페인 문화의 낯선 부분까지도 쉽게 핵심을 이해하고 무사히 다음 장으로 넘어가게 해준다. 이는 아무리 포착에 능한 사진 작가라도 이루어내기 어려운 기술이요, 스물아홉 개의 장으로 이루어진 짧은 여행기를 생동감 넘치는 특별한 작품으로 만들어내는 '치트 키'다.

차페크와 함께 관능적이고 매력적이며 아늑하고 다정한 세비야 거리를 걷고, 곳곳에 무어인의 흔적이 남아 있는 알카사르 정원을 방문하고, 만틸라를 두른 까만 눈의 여인과 사랑에 빠지다보면 그가 너무 이른 나이에 세상을 등져 그의 예리한 눈을 통해 더 많은 나라를 볼 수 없음이 안타까워진다.

> 눈이 자신의 비전에 열정적으로 고정된 사람은 모두 조금 미친다.

이는 차페크가 엘 그레코를 가리켜 한 말이지만 스페인의 예술가 모두에게, 아니 스페인 사람 전부에게 바치는 차페크의 헌사 같기도 하다. 그가 살아 우리나라를 방문

했다면 어떤 적확한 표현을 했을지 궁금하다.

카렐 차페크는 프란츠 카프카, 밀란 쿤데라와 함께 체코를 대표하는 국민 작가다. 카프카와 쿤데라가 각각 독일어와 프랑스어로 작품 활동을 한 것과 달리 차페크는 체코에서 태어나 체코어로 글을 쓰고 체코에서 생을 마감한 진정한 체코 작가라 할 수 있다. 그럼에도 차페크는 국내에서 카프카나 쿤데라에 비해 상대적으로 저평가되어 왔다.

누군가는 '20세기가 카프카와 쿤데라를 발견한 시기라면 21세기는 차페크를 재발견해야 할 시기'라고 했다. 차페크를 다시 찾으러 가는 길에 이 위트 넘치고 예리하며 인간애 가득한 여행기가 앞장서도 좋겠다. 그의 말처럼 익숙하지 않았던 무언가를 보거나 다루는 것은 너무나 기쁜 일이기에.

이리나

카렐 차페크 Karel Čapek

1890년 체코 북부의 작은 도시 말레 스바토뇨비체에서 태어났다. 체코 프라하와 독일 베를린에서 철학을 공부했고, 1915년 철학박사 학위를 받았다. 1916년 형 요세프 차페크와 함께 쓴 산문집《빛나는 심연》을 시작으로 소설, 에세이, 희곡, 동화 등 다양한 장르를 넘나들며 뛰어난 작품들을 발표했다. 동시에 체코의 일간지《나로드니 리스티》,《리도베 노비니》등에서 저널리스트로 일했다. 1920년 '로봇'이라는 말을 세상에 소개한 것으로 유명한 희곡《R. U. R.》을 펴냈고, 1933년부터 체코 문학의 최고봉이자 차페크 문학의 정수라 불리는 철학소설 3부작《호르두발》,《별똥별》(1934),《평범한 인생》(1934)을 연달아 출간했다. 일곱 차례 이상 노벨문학상 후보에 올랐지만, 당시 유럽을 장악했던 나치에 반대했다는 이유로 번번이 수상하지 못했다. 그러나 차페크는 명실공히 프란츠 카프카, 밀란 쿤데라와 함께 체코 문학을 대표하는 3대 작가로 손꼽힌다. 식물과 정원의 애호가로서《정원가의 열두 달》(1929), 개와 고양이의 반려인으로서《개와 고양이를 키웁니다》(1939) 같은 에세이를 쓰기도 했고, 영국, 스페인, 네덜란드, 북유럽, 이탈리아 등을 여행하며 인상적인 일러스트와 함께 여행기를 남기기도 했다. 그 밖의 주요 작품으로는 희곡《곤충 극장》(1921), 장편소설《도롱뇽과의 전쟁》(1936) 등이 있다. 1938년 나치 독일이 체코를 점령하기 몇 달 전, 지병인 폐렴이 악화되어 프라하에서 세상을 떠났다.

이리나

현재 전문 번역가로 활동 중이다. 옮긴 책으로는《한 시간 사이에 일어난 일》,《일 중독자의 여행》,《징구》,《음식의 위로》,《엄마의 반란》,《회색 여인》,《위로를 주는 빵집, 오렌지 베이커리》,《4월의 유혹》,《내 인생의 모든 개》등이 있고, 지은 책으로는《삼치부인 바다에 빠지다》가 있다.

휴세 에세이 006
조금 미친 사람들

1판 1쇄 발행일 2024년 9월 9일

지은이 카렐 차페크
옮긴이 이리나

발행인 김학원
발행처 (주)휴머니스트출판그룹
출판등록 제313-2007-000007호(2007년 1월 5일)
주소 (03991) 서울시 마포구 동교로23길 76(연남동)
전화 02-335-4422 **팩스** 02-334-3427
저자·독자 서비스 humanist@humanistbooks.com
홈페이지 www.humanistbooks.com
유튜브 youtube.com/user/humanistma **포스트** post.naver.com/hmcv
페이스북 facebook.com/hmcv2001 **인스타그램** @boooook.h

편집주간 황서현 **편집** 이성근 김대일 **디자인** 차민지
조판 아틀리에 **용지** 화인페이퍼 **인쇄·제본** 정민문화사

ISBN 979-11-7087-239-9 04890
    979-11-6080-486-7 (세트)